Von Perlin nach Berlin

Aus meinem Leben

Heinrich Seidel

copyright © 2022 Culturea éditions
Herausgeber: Culturea (34, Hérault)
Druck: BOD - In de Tarpen 42, Norderstedt (Deutschland)
Website: http://culturea.fr
Kontakt: infos@culturea.fr
ISBN:9791041902460
Veröffentlichungsdatum: November 2022
Layout und Design: https://reedsy.com/
Dieses Buch wurde mit der Schriftart Bauer Bodoni gesetzt.
Alle Rechte für alle Länder vorbehalten.
ER WIRT MIR GEBEN

1. Die Vorfahren.

Es geht eine dunkle Sage, dass der Urahn meiner Familie wegen irgend eines Verbrechens aus der Schweiz entflohen sei. Man nagelte dort, da man seiner selbst nicht mehr habhaft werden konnte, sein Bildniss an den Galgen, er aber wandte sich nach Sachsen und gründete dort ein zahlreiches Geschlecht, wie ja denn noch heute der Name Seidel in Sachsen häufig ist. Ob diese Sage auf Wahrheit beruht, weiss ich nicht, mir aber hat sie stets ein gewisses Vergnügen bereitet. Denn der Mensch ist im Allgemeinen so geartet, dass er, anstatt sich mit seiner Ahnenreihe bald ehrbar und spurlos in das Dunkel der Vergangenheit zu verlieren, lieber eine recht herzhafte Abscheulichkeit eines Vorfahren in den Kauf nimmt, wenn sie nur dazu beigetragen hat, sein Gedächtniss der Nachwelt zu erhalten.

Ob nun, wie einige sagen, der Name Seidel mit siedeln zusammenhängt und so viel wie Siedler oder Siedel (vgl. Einsiedel) bezeichnet, ob er, wie andere behaupten, Zeidler oder Zeidel d. i. Bienenzüchter bedeutet, vermag ich ebenfalls nicht zu entscheiden. Jedenfalls ist man in heutiger Zeit mehr geneigt, ihn mit Bier in Zusammenhang zu bringen und der Witz die männlichen Kinder unseres Namens, als Schnitte, die weiblichen als Tulpen zu bezeichnen, erzeugt sich stets auf's Neue und hat Manchem schon viel billigen Spass bereitet. Als ich noch studierte, hielten aus denselben Gründen sehr oft neue Bekannte meinen Kneipnamen Till für meinen wirklichen, Seidel aber für meinen Kneipnamen.

Der erste meiner Vorfahren nun, der für mich ausser jenem sagenhaften aus dem Dunkel der Vergangenheit hervortritt, ist der Vater meines Urgrossvaters. Er war Buchhalter in Dresden, stammte wahrscheinlich aus bäuerlichem Geschlecht und hatte zwei Söhne Gottlieb und Heinrich.

Der ältere kam nicht gut in der Schule fort und eine häufige Redensart des Lehrers war: »Grosser Seidel, grosser Seidel, wenn dein kleiner Bruder in der Kutsche fährt, wirst du hinten auf stehen müssen«. Das ging für ihn auch fast wörtlich in Erfüllung, denn er wurde später herrschaftlicher Diener, starb aber früh. Es wird erzählt, dass der zweite Sohn Heinrich, mein Urgrossvater, obwohl nur klein und von zartem Körperbau, doch von grossem persönlichem Muthe beseelt gewesen sei. Einmal als Dresden von Oestreichern besetzt war, trat er mit anderen Chorschülern aus der Kirche, vor der sich eine grosse Anzahl von Soldaten gelagert hatte. Ein etwas angetrunkener baumlanger Kerl ging auf sie zu mit den drohenden Worten: »Wartet, ihr lutherischen Bestien ihr!« Die anderen Chorschüler drückten sich schnell bei Seite, mein Urgrossvater aber liess ihn ankommen und rannte ihm plötzlich mit dem Kopf vor den Bauch, so dass der lange Goliath umstülpte und erheblich rolläugend nach Luft schnappte. Die anderen Soldaten brachen dar ob in ein schallendes Gelächter aus und riefen beifällig: »Braver Student, braver Student!«

Auch später in seinem Amte bewährte er solchen Muth und was Menschenfurcht war, kannte er nicht. Er studierte Theologie und wurde später Pastor in dem Dorfe Mecklenburg bei Wismar, wie denn schon seit alter Zeit das Land Mecklenburg seinen Bedarf an Geistlichen und Lehrern nicht aus eigener Produktion zu decken vermochte und solche vielfach von ausserhalb zu beziehen genöthigt war. Dagegen an Rechtsgelehrten leidet es Ueberfluss und Landleute, Kaufleute, Offiziere und Ingenieure exportiert es in Mengen. Das Dorf Mecklenburg war zur Wendenzeit der Hauptsitz der Obotriten und hat dem ganzen Lande den Namen gegeben. In einer grossen Wiese ist noch heute deutlich der ausgedehnte Wall der alten Burg zu sehen.

Von Mecklenburg ward er auf Anlass des Herzogs, der ihn hatte predigen hören, nach Parchim berufen, nicht zu seinem Vortheil, denn seine Einnahme war dort erheblich geringer als in Mecklenburg. Der Herzog hatte zwar versprochen, ihm nach dem ersten Jahre, wenn er den Unterschied übersehen könne, eine entsprechende Zulage zu gewähren, starb aber darüber hinweg, und so war mein Urgrossvater genöthigt, sich bis an sein Ende der äussersten Sparsamkeit zu befleissigen. Er starb als Pastor Primarius in Parchim am 21. August 1811. Während seiner Amtsthätigkeit wurde dort am 26. Oktober 1800 ein Kind geboren und von meinem Urgrossvater am 2. November desselben Jahres getauft, ein Knabe, dessen Ruhm nachher den Weltkreis erfüllen sollte. Es war der spätere Feldmarschall Helmuth, Graf von Moltke.

Mein Urgrossvater hatte ausser mehreren Töchtern zwei Söhne Heinrich und Georg. Der älteste, mein Grossvater, studierte Medizin und wurde Arzt in der kleinen Stadt Goldberg in Mecklenburg. Er verheirathete sich mit einer geborenen Hermes, die aus der Familie jenes Biedermannes stammte, der »Sophiens Reise von Memel nach Sachsen« geschrieben hat. Aus Pietät für solche Familientradition habe ich mir dieses sechsbändige dickleibige Roman-Ungethüm verschafft und es prangt sehr stattlich in meiner Bibliothek neben dem neunbändigen »Irdischen Vergnügen in Gott« des alten Brockes. Ich habe auch versucht, jenen Roman zu lesen, allein es ist über meine Kräfte gegangen. Zwar ward mir ebenso wie meinem Freunde Trojan die Gabe zu Theil, sehr langweilige Bücher lesen zu können, allein Alles hat seine Gränzen. Und doch betrachte ich mir von Zeit zu Zeit das stattliche Werk mit Wohlgefallen. Es giebt eben Bücher, die eine doppelte Freude gewähren, erstens dass man sie hat, und zweitens, dass man sie nicht zu lesen braucht. Von meinem Grossvater weiss ich sehr wenig, weil er früh gestorben ist, noch vor seinem Vater. Es herrschte damals 1811 in Folge des Franzosenkrieges das Lazarethfieber und der Amtsarzt hatte aus Furcht vor Ansteckung solchen Kranken seine Hülfe verweigert. Man wandte sich an meinen Grossvater. Dieser that seine Pflicht, wurde aber von der gefährlichen Krankheit ergriffen und starb, als mein am 4. Februar 1811 geborener Vater *Heinrich* Alexander Seidel vier Wochen alt war.

Von meinem. Urgrossvater heisst es in einer Niederschrift seines jüngsten Sohnes: »Der Vater war Pastor, ein kleiner, aber rühriger und wissenschaftlich sehr gebildeter Mann mit dichterischen Anlagen.« – Die kleine Figur hat sich nun in Mecklenburg, dem Lande der grossen Leute, allmählich verloren, indem unausgesetzt durch drei Generationen hindurch die Söhne über ihre Väter hinauswuchsen, die dichterischen Anlagen haben sich aber in den ältesten Söhnen der Familie ständig fortgeerbt. Denn auch von meinem Grossvater sind mir poetische Versuche bekannt geworden, und mein Vater hat sich auf dem Gebiete des religiösen Liedes, des Epos und der Volkserzählung ausgezeichnet. Einzelne seiner Gedichte sind in viele Sammlungen übergegangen, und seine Volkserzählung »Balthasar Scharfenberg« hat im Verlage des Rauhen Hauses mehrere Auflagen erlebt und wird noch jetzt gekauft und gelesen. Ungenügende Beachtung fand dagegen meiner Meinung nach sein in der Nibelungenstrophe geschriebenes Epos: »Der Sieg des Kreuzes an der Usenz«, dem Stöbers hübsche Sage von der Bekehrung der letzten Heiden im Einfischthale durch den buckligen Zwerg Zacher als Stoff zu Grunde liegt. Das Gedicht enthält besonders ausgezeichnete Schilderungen der grossartigen

Alpennatur, obwohl mein Vater, ebenso wie Schiller, die Schweiz nie gesehen hat.

Mein Vater verlebte seine erste Jugend in Goldberg und besuchte später das Gymnasium in Schwerin. Ich weiss von dieser Zeit wenig; nur eine wunderliche Geschichte, die mein Vater gern erzählte, hat sich mir eingeprägt.

Zum Neubau des dortigen Regierungsgebäudes – nebenbei eines der vornehmsten und edelsten Bauwerke der Schinkelschen Richtung – wurde der Grund ausgehoben und da dort früher der Klosterkirchhof gelegen hatte, so kamen eine Menge von wohlerhaltenen menschlichen Gebeinen zum Vorschein. Man konnte von den Arbeitern ein Memento mori, zwei Armknochen und einen Schädel für vier Schillinge (25 Pf.) kaufen. Mein Vater erstand sich ebenfalls so ein grausiges Ornament und war zu Hause sehr erfreut, als er fand, dass sich die beiden gekreuzten Knochen mit dem Schädel drüber schicklich in die Ofenröhre oder wie man in Mecklenburg sagt, »das Röhr« klemmen liessen, gerade in der Stellung, wie man diesen Todeszierrath immer dargestellt findet. Als er nachher zu Bett ging, liess er wie gewöhnlich die Thür zu seinem Wohnzimmer geöffnet. Der Mond schien hell und er konnte anfangs nicht davor einschlafen. Dann aber, als er eben eindrusen wollte, wurde er durch ein lautes Geräusch im Nebenzimmer wieder aufgeschreckt. Es krachte und rasselte dort mächtig – dann ein anhaltendes Kollern und plötzlich stand der Schädel im Mondschein auf der Schwelle der Schlafstube und grinste ihn an.

Mein Vater studierte später in Berlin und Rostock Theologie und besonders an den Aufenthalt in letzter Stadt erinnerte er sich gern. Er verkehrte mit anderen Studenten in einem angeregten Familienkreise, wo man sich vorzugsweise für Musik interessirte. Die jungen Leute hatten ein besonderes Geschick in kleinen Stegreif-Aufführungen, denen eine verabredete Idee zu Grunde lag, wobei es aber jedem überlassen blieb, sich so gut er konnte, mit seiner Rolle abzufinden. Von der gelungensten dieser Aufführungen erzählte mein Vater gern. Unter diesen jungen Leuten waren zwei, die sich besonders viel mit Musik beschäftigten, der eine dilettirte ohne wesentliche theoretische Kenntnisse fleissig als Komponist, während der andere, eine etwas pedantische Natur, sich eifrig mit dem Studium des Generalbasses beschäftigte. Dieser lag immer mit dem andern im Streit, schalt ihn leichtfertig, suchte ihn zu einem eifrigen Studium der Gesetze der Musik zu bekehren und hielt ihm grosse Reden, wobei er sich beträchtlicher Weisheit entledigte und mit bezifferten Bässen, Tonika, Dominants und ähnlichen Fachausdrücken mächtig um sich warf. Der Inhalt des Stückes nun war folgender: Der Musikdilettant stellte einen Komponisten dar, dem für eine festliche Gelegenheit der Auftrag geworden ist, eine Ouvertüre zu komponiren. Verzweifelt irrt er in seinem Zimmer umher, fährt sich bald in die Haare, bald schlägt er einige Akkorde auf dem Klavier an, bald sitzt er wieder und starrt rathlos auf das leere Notenpapier, denn ihm will durchaus nichts einfallen. Ein Freund besucht ihn, dem er seine Noth klagt. Vergeblich sucht dieser ihn zu trösten und zu ermuntern. Endlich kommt ihm eine Idee: »Wir wollen Mozarts Geist zitiren« sagt er, »wenn einer, kann der dir helfen!« Das leuchtet dem Komponisten ein; es wird ein Kreis aus Notenbüchern gebildet, ein Fiedelbogen als Zauberstab geschwenkt und unter furchtbaren Beschwörungen Mozarts Geist herbeigerufen. Blitz und langnachhallender Donner hinter der Scene. Aus der Koulisse hebt sich ein Filzschuh, dann schiesst in Kopfhöhe ein langer Dampfstrahl hervor und nun zeigt sich der Musiktheoretiker als Mozart's Geist in ein langes weisses Laken gehüllt, das nur die spitze Nase und eine Hand mit einer mächtigen Papierrolle sehen lässt. Den verhüllten Kopf ziert ein Lorbeerkranz. Langsam, lautlos und bei jedem Schritt einen mächtigen Dampfstrahl aus der unter dem Laken verborgenen Pfeife schiessend, schreitet das Gespenst auf die Beschwörer zu. Dann steht es feierlich in erhabenem Schweigen da und pafft. Der Komponist beugt nun das Knie und fleht den Geist des grossen Mozart an um Errettung aus seiner Noth. Unter den Zuschauern herrscht grosse Spannung, wie dieser sich wohl aus der Affaire ziehen wird und da Allen der ständige Streit zwischen diesen beiden Musikfreunden bekannt war, so ist das Gelächter auf Kosten des unglückseligen Komponisten natürlich gross, als Mozarts Geist nun langsam und feierlich seine mächtige Papierrolle erhebt und sie jenem vor die Füsse schleudert mit dem vernichtenden Ausruf: »Studiere Generalbass!«

Sodann wendet er sich mit erhabener Geberde und schreitet unter erneutem Blitz und Donner und mächtigem Paffen in die Koulisse zurück, während der andere vernichtet sein Haupt in den Händen verbirgt.

Noch eine andere kleine Geschichte sehr wunderlicher Natur aus dieser Zeit hat sich mir eingeprägt, weil ich sie öfter von meinem Vater habe erzählen hören. Ihm träumte eines Nachts, er besuche eine Familie, in der er viel verkehrte, da trat ihm die Frau des Hauses entgegen und sagte: »Kommen Sie mit Herr Seidel und helfen Sie mir.« Sie gingen dann zusammen eine Treppe hinauf und packten in einer grossen Bodenkammer allerlei Sachen in Körbe. Durch das Fenster kam ein seltsamer rother Schein. Nicht lange darauf wurde er des Nachts durch Feuerlärm geweckt und da er bei näherer Erkundigung erfuhr, dass es ganz in der Nähe des Hauses jener bekannten Familie brenne, machte er sich schnell auf, umdort, falls es nöthig sein sollte, seine Hülfe anzubieten. Dort fand er Alle in Thätigkeit, ein schnelles Ausräumen vorzubereiten und die Frau des Hauses kam ihm gleich entgegen mit den Worten: »Gut, dass Sie kommen, Herr Seidel, Sie können mir helfen. Wir müssen auf Alles gefasst sein.« Sie gingen dann die Treppe hinauf in eine grosse Bodenkammer und packten allerlei Porzellangeschirr, das dort aufbewahrt wurde, in Körbe ein. Durch die Fenster kam der rothe Schein des nahen Brandes.

Als mein Vater ausstudiert hatte, wurde er Hauslehrer, lebte als solcher längere Zeit in Dobbin bei Krakow und wurde im Jahre 1839 nach Perlin bei der kleinen Stadt Wittenburg berufen.

2. Perlin.

Das Pastorenhaus in Perlin war alt, hatte schon den dreissigjährigen Krieg überstanden und trug noch ein Strohdach. Es passte nicht mehr in die Zeit und in der Nähe wurde ein funkelnagelneues Haus errichtet aus rothen Ziegeln mit einem thurmartigen Vorbau für die Treppe und einem flachen sogenannten dornschen Dache. Es sah für die damalige Zeit und für ein Pastorenhaus sehr vornehm aus und wurde später von Fremden oft für »das Schloss« gehalten, was uns natürlich mit grossem Stolze erfüllte. Doch vorher schon, ehe dies neue Haus vollendet war, sorgte der junge Pastor dafür, dass die ansehnlichen Räume, die darin für eine Pastorin vorgesehen waren, nicht leer stehen sollten. Der Gutsverwalter Dimpfel des Grafen B., dem das grosse Gut Perlin gehörte, hatte ganz in der Nähe auf dem Pachtgute Progress eine Schwester, die an den Pächter Römer verheirathet und in dieser Ehe ausser mit vier hünenhaften Söhnen auch mit drei Töchtern gesegnet war. Als nun mein zukünftiger Vater dort mit dem Verwalter Dimpfel seinen Besuch machte fand er diesen Verkehr so angenehm, dass er solchen Besuch öfter wiederholte. Er ritt dabei auf einem Fuchs, der ihn, wie meine Mutter erzählt, oftmals in sausender Eile an's Ziel brachte, oft aber auch höchsteigene Ansichten entwickelte und dann durchaus nicht vom Hofe oder an einem Blatte Papier vorbei wollte, das am Wege lag. Es mochte auch wohl sein, dass mein Vater dieses irdische Pferd weniger beherrschte als den Pegasus, der noch nie vor einem Blatte Papier scheu geworden ist. Es kam dann im Lauf der Zeit so weit, dass der junge Pastor die Frau Römer bat ihm Gelegenheit zu geben, ihre zweite Tochter Johanna unter vier Augen zu sprechen. Es war am zweiundzwanzigsten September 1840, als diese Frau ihr Schicksal, dereinst meine Grossmutter zu werden, dadurch besiegelte, dass sie ihrer Tochter den Auftrag gab, Herrn Pastor Seidel doch den Rosenstrauch im Garten zu zeigen, der trotz der herbstlichen Zeit in voller Blüthe stand. An dieser freundlichen Naturerscheinung nahmen die jungen Leute grosses Intresse und besichtigten sie lange und gründlich. Es wird vermuthet, dass im Laufe dieser Besichtigung auf den Wangen des Fräuleins Johanna Römer vier neue Rosen aufgeblüht sind, erst zwei weisse und dann zwei dunkelrothe, aber gewiss ist, dass sie, als sie zurückkam, den Entschluss gefasst hatte, eine Frau Pastorin zu werden.

Am 8. Oktober des Jahres 1841 war die Hochzeit. Das junge Paar hauste noch ein halbes Jahr unter dem alten Strohdach, siedelte dann im nächsten Frühjahr in das neue schöne Haus über und dort, am 25. Juni 1842 kam ich zur Welt, genau an demselben Tage, an dem zwanzig Jahre früher der alte E. T. A. Hoffmann die Augen schloss. Bei der Taufe wurde mir als dem ältesten Sohne, wie es nun schon Familiengebrauch geworden war, der Rufname Heinrich zertheilt, jedoch erhielt ich ausserdem noch eine Menge anderer, und wenn ich mit allen zugleich vorfahre, so macht es den Eindruck, als wenn ein Güterzug durch eine ebene Wiesenlandschaft dampft. Man prüfe selbst, wie es sich ausnimmt: Heinrich Friedrich Wilhelm Karl Philipp Georg Eduard Seidel.

Wie alle Erstgeborenen war ich natürlich ein unbegreifliches Wunderkind und zeigte Eigenschaften, die man kaum jemals, solange die Welt steht, an einem Geschöpfe so zarten Alters in solcher Vollendung zu bemerken Gelegenheit hatte. Zwei von diesen Geistesblitzen, die etwa aus meinem zweiten Jahre stammen, sind mir später oft erzählt worden. Auf die Frage: »Wo is Papa?« hätte ich stets geantwortet: »Hinnen löppt'e!« Ferner: hätte ich einen Topf, einen Teller oder sonst etwas zerschlagen, hätte ich mich nachdenklich vor die Trümmer gestellt mit der verwunderten Frage: »Wen hett dat dahn?« und dann mit grosser Bestimmtheit selbst geantwortet. »Dat hett ick dahn!« Man sieht aus diesen wenigen erhaltenen Beispielen, dass auch meine nächsten Vorfahren nicht frei waren von jener lieblichen Milde und rührenden Anspruchslosigkeit den Geistesäusserungen ihres Erstgebornen gegenüber, die fast allen jungen Eltern zur freundlichen Zierde gereichen soll.

Meine erste wirkliche Erinnerung stammt aus dem Anfang meines vierten Jahres und hat es mit einem beträchtlichen Gegenstande zu thun, einem Elefanten nämlich, der damals in einer benachbarten kleinen Stadt für Geld gezeigt wurde. Viel mehr aber als das unförmliche ausländische Ungethüm erfreute mich ein kleiner Pony, der dem Elefanten unter dem Bauche und zwischen den Beinen durchlief und ihm zugesellt war, wie dem mächtigen Fallstaff der winzige Page, um gegen ihn abzustechen. Ich glaube, es war bei dieser selben Gelegenheit, wo sich mir ein zweites kleines Erlebniss für die Dauer eingeprägt hat. Die städtischen Strassenjungen waren ein Geschlecht, das ich mit einem Gemisch von Grauen und Hochachtung zu betrachten gewohnt war. Die ausserordentliche

Sicherheit ihres Auftretens, die edle Frechheit, mit der sie mich besahen und Kritik an mir übten, die grossartige Ueberlegenheit, die sich in allen ihren Reden und Handlungen kundgab- ich hatte gesehen, dass sie sogar die Macht des Gesetzes nicht achteten und einen Polizeidiener verhöhnten – kurz alles dies erzeugte in mir eine achtungsvolle Scheu, die mit einiger Furcht durchtränkt war. Als ich nun mit meinen Eltern an einem Wassergraben entlang zu irgend einem Festplatze ging, kam ein echtes Exemplar dieser Gattung, die Hände in den Hosentaschen und die Mütze im Nacken tragend, an uns vorüber. Da ich nahe an der Kante des Grabens ging, sagte er im Vorbeigehen zu mir mit einem Wohlwollen, das ich diesem gehärteten Geschlecht von jugendlichen Heroen niemals zugetraut hätte: »Du fall man nich in'n Graben.« – Diese Herablassung hob und rührte mich zugleich, und obgleich ich diesen Jüngling nie wiedergesehen habe, so habe ich ihm seinen Edelmuth doch niemals vergessen. Noch jetzt ertappe ich mich manchmal bei den Gedanken, dass ich wohl wissen möchte, was aus ihm geworden ist. Wäre er ein Schuster geworden, so würde ich meine Stiefel bei ihm machen lassen.

Aus etwas späterer Zeit haben sich mir zwei Ereignisse eingeprägt, bei deren einem ich mich als vermeintlicher Held, bei dem anderen aber ohne Frage als das Gegentheil eines solchen benommen hatte. Ich mochte etwa sechs Jahre alt sein, als ich in einen Haufen Glasscherben fiel und mir den Rücken der linken Hand so stark verletzte, dass ich noch jetzt die deutliche Narbe davon trage. Ich lief zu meiner Mutter, die mir die heftig blutende Wunde mit Wasser auswusch und mich verband. Dabei lobte sie mich sehr, dass ich gar nicht geweint habe. Dieses Lob muss mir wohl zu Kopfe gestiegen sein, denn ich erinnere mich, dass ich nachher eine ganze Weile vor dem Spiegel stand, um mir solchen Helden recht genau zu betrachten.

Da ich entschlossen bin, mich in diesen Blättern der Wahrhaftigkeit zu befleissigen, so will ich auch die zweite Geschichtenicht verschweigen, obwohl ich wenig Ruhm sondern nur das Gegentheil dadurch gewinnen kann. Sie wird zeigen, welch' hässlicher kleiner Dämon in der Brust eines sonst gut gearteten Kindes auftauchen kann. Mein Vater hatte eine Zeit lang grosse Noth, seine geliebten Blumenbeete vor meinen jungen Geschwistern Werner und Frieda zu schützen, die damals wie ich denke drei und zwei Jahre alt waren.

Diese kleinen Berserker hatten sich gewöhnt Alles abzureissen, was ihnen vor die Finger kam, und hatten so oft Strafe dafür bekommen, dass sie endlich anfingen durch Schaden klug zu werden. Als wir uns nun einmal an einem schönen Frühlingsabende alle drei in der Nähe eines schönen Hyacinthenbeetes befanden, da plagte mich der Teufel, dass ich niederhockte und mit der Hand eine stattliche Hyacinthe hin und her wackelte, als wollte ich sie pflücken. Kaum sahen die beiden Kleinen, was der grosse Bruder that, so erwachten die mühsam unterdrückten Instinkte in ihnen aufs Neue, sie stürzten sich jauchzend auf das Blumenbeet und rissen sich ganze Hände voll der schönsten Hyacinthen ab. Ich aber ging sofort hin und klänte sie an, wie man in Mecklenburg sagt, oder wie der Berliner sich ausdrückt: ich petzte. Bei dem nun folgenden peinlichen Verhör fielen höchst bedenkliche Streiflichter auf mich, und die ganze Schändlichkeit meines heimtückischen Verfahrens kam heraus. Ich erinnere mich noch ganz genau der peinlichen Spannung, die mich beherrschte, während die nöthigen Knöpfe an dem hinderlichen Kleidungsstücke gelöst wurden, und als nun im Angesicht der sinkenden Frühlingssonne ein furchtbares Strafgericht über mich hereinbrach, war ich fest überzeugt, dies vollkommen verdient zu haben. Ich habe überhaupt während meiner ganzen Kindheit nie die entsetzliche Bitterkeit des Gefühles kennen gelernt, ungerecht gestraft zu werden, sondern immer die Empfindung gehabt, dass Soll und Haben in dieser Hinsicht zu meinen Gunsten abschlössen. Kinder haben oft ein sehr feines Gerechtigkeitsgefühl und so hat mir der Umstand, dass ich bei einer Gelegenheit nicht genug Strafe bekommen hatte, mehr Qual bereitet als jede Züchtigung, die mir sonst geworden ist. Ich hatte meinen drei Jahre jüngeren Bruder Werner mit einem Stück Fischbein geschlagen und zwar so, dass ich es durch Zurückbiegen an seine Hand schnellen liess, was bekanntlich sehr weh thut. Er schrie nach der Mutter; diese kam und schlug mich zur Strafe mit dem dünnen Fischbein ein paar Mal einfach über die Hand, was ich natürlich garnicht fühlte. Aber in der Seele that es mir weh, und eine unendliche Rührung überkam mich über die Güte und den Edelmuth meiner Mutter, die mich so nach der besseren Seite hin verkannte. Ich verkroch mich tief ergriffen in einen Winkel, wo meine Thränen unaufhaltsam flossen. Noch nach Jahren konnte ich diesen Eindruck nicht verwinden und tiefe Rührung ergriff mich stets, wenn mir dieser kleine Vorgang wieder einfiel. Hätte sie mich auf dieselbe schmerzhafte Weise gestraft, wie ich gesündigt hatte, so wären wir quitt gewesen und niemals wäre mir meine Mutter aus diesem Anlass in einem so engelhaft erhabenen Lichte erschienen, wie es nun der Fall war.

In Perlin verblieb mein Vater bis zu meinem neunten Jahre, bis Anfang 1852, und diese Zeit erscheint mir in meiner Erinnerung als die eines ungetrübten Glückes. Der Ort war aber auch ein richtiges Kinderparadies. An das neuerbaute geräumige Haus schloss sich ein sehr grosser Garten mit unzähligen Obstbäumen und Beerensträuchern. Er enthielt viele Lauben und dichte Gebüsche, in denen man einsam hausen und Robinson und Einsiedler spielen konnte, und in der Nähe des Hauses bildete er einen Winkel, die sogenannte Kapellenecke; hier schloss sich unmittelbar, nur durch eine niedrige Feldsteinmauer getrennt, der Kirchhof an wie eine Fortsetzung des Gartens. Ich betrachtete ihn auch so und spielte gern zwischen den verwilderten Gräbern und unter den riesigen Linden an seinem Eingange und stieg gar oft auf den alten grau bemoosten Glockenstuhl neben der Kirche, um die Glocken zu bewundern, die für mich etwas von lebenden Wesen hatten. Die kleine Landkirche war aus Findlingsblöcken und Ziegeln von grossem Format erbaut und an den gothischen Fenstern ihres Chores nisteten Hunderte von Schwalben, deren kugelige Nester die Linien der Architektur begleiteten, und deren unablässiges Ab- und Zufliegen, Schwirren und Schrillen mir noch heute vor Auge und Ohr steht. In der Nähe unseres Gartens, in einer Gruppe von Bäumen und Gebüsch lag die gräfliche Grabkapelle, für mich ein Ort von stillen Schauern umweht. Denn dort ruhte die junge Gräfin ganz allein in einem von verdorrten Kränzen bedeckten Sarge. Ich erinnere mich nicht, sie noch lebend gesehen zu haben, allein mein Vater erzählte von ihrer Anmuth, Schönheit und Güte, und ich konnte dann lange ihr Bild betrachten, das in seinem Zimmer hing, oder mit dem Gesicht ans Gitter gedrückt in die dämmerige Kapelle starren und wunderlichen Gedanken nachhängen.

Ich hatte von Kind an einen Hang zum einsiedlerischen Leben und erinnere mich nicht aus jener Zeit an viele Gespielen unter den Dorfkindern. Nur eines flachshaarigen Jungen gedenke ich, der mich, als ich etwa acht Jahre alt war, an einem kühlen Herbsttage dazu verführte, barfuss zu gehen, wie er, und dabei aus einer Schilfrohrpfeife Kartoffelkraut zu rauchen. Als ich nachher mit grosser Begeisterung von diesen mannhaften Thaten erzählte, ward der Umgang mit diesem Jünglinge eingeschränkt. Ich weiss nicht, ob dieser derselbe war, der mir einmal eine Schilderung von einer Delikatesse entwarf, die er in einer Stunde ausschweifender Phantasie sich als das Höchste ausgemalt hatte: »Denk di mal«, sagte er, »ierst Brot, äwer nich to dick, un denn fett Bodder up, un dor Speck up, un up den Speck Pannkoken, un denn wedder Bodder un denn wedder Speck und denn wedder Pannkoken, un noch'n poormal so – ick segg di, Paster-Heinerich, dat smeckt fein!« Nun, das glaubte ich schon, aber dass er solchen kostbaren und verwickelten Leckerbissen schon einmal erhalten hätte, wie er mir einreden wollte, das bezweifelte ich ein wenig, obwohl er schwor: »Dei Hahn sall mi hacken, wenn't nich wohr is!«

Ich lernte früh lesen und benutzte diese Kenntniss, um den Inhalt jedes Buches, das ich bekommen und bewältigen konnte, mit einer wahren Gier zu verschlingen. Später, als ich schon längst erwachsen war, habe ich von den verschiedensten Leuten, die mich als Kind gesehen hatten, den Ausspruch gehört: »Ja, ich erinnere mich Ihrer noch sehr wohl, Sie lagen immer auf den Knieen vor einem Stuhle und lasen.« Von dieser Lieblingsstellung bei solchem Geschäfte hatte ich ordentlich Schwielen an den Knieen. Ein Buch, das mich durch irgend einen bildnerischen Schmuck oder durch irgend einen Satz, den ich darin erschnappt hatte, anzog, wich, auch wenn ich es nicht zu lesen bekam, jahrelang nicht aus meiner Vorstellung. So erinnere ich mich, dass unter einer Ansichtssendung zu Weihnachten ein Buch war, dessen Titelbild einen jungen Menschen zeigte, der sich durch Rauch und Flammen an einem Stricke herabliess. Ich bekam es nicht zu lesen, aber wie wundervoll musste ein Buch sein, das solche Bilder hatte! Jahrelang war es einer meiner sehnlichsten Wünsche, es möchte mir einmal wieder vorkommen, doch erst nach langer Zeit, als wir schon in der Stadt wohnten, fiel es mir durch Zufall in die Hände. Es stellte sich heraus, dass es höchst langweilig war.

Mein Vater hatte sich einmal eine hübsch illustrirte Ausgabe von Tausendundeiner Nacht geliehen. Er gab mir in seiner Gegenwart die Bilder zu besehen, aber ich sollte nicht darin lesen. Hätte er geahnt, welche Tantalusqualen er mir dadurch schuf, so hätte er mir das Buch gar nicht in die Hände gegeben. Ich denke noch jetzt oftmals an die Marter, die es mir bereitete. Was bedeutete nun wieder dies wunderbare phantastische Bild? Wie mit Polypenarmen kam es aus den schwarzen Druckzeilen hervor und zog meine Augen an sich, und ehe ich selber es recht wusste, las ich auch schon: »Da spaltete sich auf einmal die Mauer, und es kam aus der Oeffnung ein schönes Mädchen heraus, von hübschem Wuchse, oval gebildeten Wangen, ohne Tadel, die Augen mit Kohle bemalt; sie hatte ein Oberkleid von Atlas an mit Kreisen aus ägyptischen Blumen, kostbare Ringe an den Ohren und am Arme, und in der Hand trug sie ein indisches Rohr. Sie steckte das Rohr in die Pfanne und sagte mit wohltönender Stimme: ›O, Fisch, hältst du dein Versprechen?‹« ... Mein Vater, dem es auffiel, dass ich so lange nicht umblätterte, sah dann mit einemmal von seiner Arbeit auf und sagte: »Heinrich, du liest doch nicht?« Mit einem unterdrückten Seufzer musste ich dann wieder umschlagen, und erst viele Jahre später erfuhr ich, wie diese Geschichte weiterging.

Mein Vater hatte eine Gemeindebibliothek angelegt, und in dieser fand ich manche Bücher, die mir unvergleichliches Vergnügen bereiteten, so die vorzüglichen Erzählungen von Karl Stöber, insbesondere »Das Elmthäli«, dann Hebels »Schatzkästlein« und dergleichen gute Volksbücher. Die allergrösste Wirkung auf mich machte aber eine Erzählung, von der ich sonderbarer Weise weder den Titel noch den Verfasser weiss und von deren Inhalte ich nur eine dunkle Vorstellung habe. Ich glaube, es erstickte ein kleines Mädchen im Heu und eine Mutter wurde darüber wahnsinnig. Diese Geschichte habe ich wohl an die dreissig Mal mit immer gleicher wollüstiger Wehmuth gelesen und Ströme von Thränen dabei vergossen. Ich gäbe viel darum, wenn ich dieses Buch einmal wieder lesen könnte.

Diese vorstehenden Sätze fanden sich auch in einer kürzeren Skizze meines Lebens, die 1889 im »Daheim« veröffentlicht wurde. Der Erfolg war überraschend. Ich bekam darauf hin nicht allein etwa ein Dutzend Briefe, die mir alle richtig den Titel des gesuchten Buches angaben, sondern auch von dem damaligen Pastor in Perlin, Herrn Radloff, dasselbe Exemplar zugeschickt, das ich als Kind gelesen hatte. Ferner schenkte mir eine Enkelin des Verfassers ein Exemplar der fünften Auflage dieses kleinen Werkes: »Bei Gott ist kein Ding unmöglich« von Gotthilf Heinrich von Schubert.

Dadurch nun kam ich in die Lage diese Geschichte wieder lesen zu können und fand, was ich schon halb vermuthet hatte, dass sie auch nicht annähernd so ergreifend auf mich wirkte wie damals in der Kinderzeit. Uebrigens war es auch kein Mädchen, sondern ein kleiner Knabe, der im Heu erstickte. Mir fiel die Stormsche Strophe ein:

> »Wir harren nicht mehr ahnungsvoll
> Wie sonst auf blaue Märchenwunder;
> Wie sich das Buch entwickeln soll,
> Wir wissen's ganz genau jetzunder«.

Und wenn es erlaubt ist, sich selber zu citiren; mein eigenes Gedicht »Das Lesen« kam mir in den Sinn, wo es am Schlusse heisst:

> ... Einmal nur, ach einmal,
> So denk' ich oft, wenn müde und verdrossen
> Mein Auge jetzt durch Bücherzeilen schweift,
> Und all' die kleinen Teufel kritisch meckern,
> Ach einmal nur möcht' so ich lesen können,
> Wie damals in der gläub'gen Kinderzeit.

Noch eine andere Erzählung, die ebenfalls in diese Volksbibliothek eingereiht war, bot ein ganz besonderes Interesse, da ihr Schauplatz mein Geburtsdorf war, zur Zeit des Dreissigjährigen Krieges. Auf dem Boden des Schlosses in Perlin hatte man eine alte Handschrift gefunden, die ein Protokoll enthielt, das einer der früheren Besitzer des Gutes, ein Herr von Lützow hatte aufnehmen lassen. Es enthielt die Aussagen eines alten Bauern über die Schicksale des Dorfes im Dreissigjährigen Kriege und den Zustand, in den es schliesslich gerathen war. Daraus ging hervor, dass in dem grossen und wohlhabenden Dorfe nur noch sieben Personen übriggeblieben waren, die alle in dem Pfarrhause, dem einzigen, das noch erhalten war, bei dem alten Pastor Dörnerg wohnten. Ausserdem hauste in der Nähe auf einer verlassenen Glashütte noch eine Person von verruchter Gemüthsart, Namens Fieke Roloff. So hiess sie nach dem Küster des Dorfes, denn sie war ein Findelkind und von den Küsterleuten aufgezogen worden, hatte sich aber bald auf die schlechte Seite gelegt, war, als der Küster, um den Schrecknissen des Krieges zu entgehen, nach Ostpreussen entfloh, im Dorfe geblieben und hatte sich in der verlassenen Glashütte eingenistet. Nun kam Fritz Kienhorst, ein im Kriege verwildertes Dorfkind zurück, brachte Verwirrung und Unfrieden in die kleine, um ihren Pastoren geschaarte Gemeinde und verbündete sich schliesslich mit Fieke Roloff und zwei anderen bösartigen Gesellen, um den im Keller des

Pfarrhauses eingemauerten Schatz des Gutsherrn zu rauben. Durch die rechtzeitige Dazwischenkunft des ebenfalls aus dem Kriege zurückkehrenden Dorfkindes Balthasar Scharfenberg aber ward die Sache vereitelt, die Tugend siegte, und alle bösen Gesellen erhielten ihren verdienten Lohn.

Mein Vater, der sich dies Schriftstück zur Ansicht ausgebeten hatte, studirte es mehrfach mit grossem Interesse durch und schickte es dann auf das Schloss zurück. Dort blieb es in der Bedientenstube liegen, und als man später danach fragte, war es verschwunden. Nun machte sich mein Vater daran, aus dem Gedächtnisse den Inhalt dieses Schriftstückes wieder aufzuzeichnen, und daraus entstand schliesslich die Volkserzählung: »Balthasar Scharfenberg oder ein mecklenburgisches Dorf vor 200 Jahren«. Das war nun eine Geschichte, wohlgeeignet in mir lebendig zu werden, denn alle Orte, die dort erwähnt wurden, waren mir gut bekannt. Zwar das alte Pfarrhaus stand nicht mehr, aber mein Vater hatte noch darin gewohnt, und im Keller hatte man ihm die Nische gezeigt, wo damals der Schatz eingemauert gewesen war. Einer von den Perliner Bauern hiess Scharfenberg, war ein direkter Nachkomme jenes Mannes und wohnte in demselben Gehöft, das dieser sich, als ruhigere Zeiten kamen, wieder aufgebaut hatte. Auf der Stelle, wo die Glashütte gestanden hatte, war jetzt Ackerland, jedoch beim Pflügen kamen immer noch buntfarbige Schlacken und Glasbutzen zum Vorschein, und wir Kinder sammelten sie, denn sie erschienen uns wie ehrwürdige Alterthümer. Einmal zeigte mir mein Vater auch die fichtenbewachsene Halbinsel am See, wo der schwarze Peter, einer jener Raubgesellen, auf der Flucht ins Wasser sprang, um sein Leben durch Schwimmen zu retten, jedoch elend ertrank. Das Merkwürdigste in Bezug auf diese Geschichte erlebte ich aber später, als ich in Hannover das Polytechnikum besuchte. Wir hatten in unserer Verbindung einen jungen Mann aus Ostpreussen, Namens Roloff. Dieser fragte mich eines Tages: »Du, hat nicht dein Vater eine Geschichte geschrieben: Balthasar Scharfenberg?« »Jawohl«, sagte ich. Da fuhr er fort: »In der Geschichte kommt doch ein Küster Roloff vor, der nach Ostpreussen auswandert. Sieh mal, das ist mein Vorfahr.«

Da ich nun einmal vom Lesen handele, das in meiner Kindheit und Jugend eine grosse Rolle spielt, so muss ich noch eines anderen Dichters gedenken, der damals grossen Einfluss auf mich gewann.

Das war Robert Reinick, dessen köstliches ABC-Buch mir mein Vater geschenkt hatte und dessen herrlicher Jugendkalender alljährlich auf meinem Weihnachtstische lag. Wenn ich später in meinem Leben an die vierzig Märchen oder märchenartige Geschichten geschrieben habe, so ist Robert Reinick daran nicht ohne Schuld gewesen. Besonders die »Schilfinsel«, die ich ungezählte Male las, entzückte, rührte und ergriff mich stets aufs Neue. Wer meine »Wintermärchen« (Glogau, Flemming) aufschlägt, der wird in der »schwimmenden Insel« und in »Erika« die Spuren dieser kleinen Geschichte wiederfinden. Fast ebenso entzückte mich das mehr heitere Märchen »Rübezahls Mittagstisch« mit den köstlichen kleinen Bildern. Insonderheit den alten bemoosten und bewachsenen Felsblock mit den winzigen Figürchen darauf konnte ich mir stundenlang betrachten. Der grösste Theil des Inhalts dieses unvergleichlichen Jugendkalenders und noch einiges Andere befindet sich in »Robert Reinicks Märchen-, Lieder- und Geschichtenbuch«, einem der besten Kinderbücher, die wir besitzen, und oft vertiefe ich mich noch jetzt in seinen Inhalt und gedenke dabei der Tage meiner Kindheit.

Robert Reinick ist nicht alt geworden und ich erinnere mich noch genau, wie mein Vater eines Tages im Februar 1852 aus der Zeitung aufblickte und zu mir sagte: »Du, Heinrich, Robert Reinick ist gestorben«. Der Tod selbst machte nach Kinderart keinen besonderen Eindruck auf mich und nur mittelbar trat mir dies Ereigniss näher durch den Gedanken: »Nun giebt's keinen Jugendkalender mehr!«

Mehr noch als alles andere trug dazu bei, meine schon sowieso leichtbewegliche Phantasie anzuregen, eine unverheirathete Schwester meines Vaters, Tante Therese, die mit ihrer Mutter in dem benachbarten Städtchen Wittenburg wohnte und uns alljährlich in Perlin besuchte. Sie hatte eine besondere Gabe zu fabuliren, und auf unseren Spaziergängen lebten wir stets in irgend einer erträumten Welt. Ich erinnere mich, dass wir einmal, während die untergehende Sonne durch die Bäume schien, in einem kleinen Wäldchen auf gefällten Stämmen sassen. Natürlich befanden wir uns nicht an einem Orte, der nur eine halbe Stunde von dem mecklenburgischen Kirchdorfe Perlin entfernt war, sondern ganz wo anders, in dem ungeheuren amerikanischen Urwalde nämlich. Denn wir waren Ansiedler und beriethen uns sehr sorgfältig, wie wir unser Blockhaus bauen und was wir in unserm Garten pflanzen wollten. Das wunderliche Phantasieleben, das wir mit einander führten, habe ich in meiner Erzählung »Der schwarze See« (Bd. IX d. ges. Schr.) ausführlicher dargestellt. Meine Tante wusste eine Menge Geschichten zu erzählen, die sie gelesen, erlebt oder erdacht hatte, und da ich mit dergleichen nicht zu sättigen war, so kann man sich denken, wie ich an diesem Borne sog.

Eine von diesen Geschichten hiess »Die schwarze Blume« und hat sich mir so eingeprägt, dass ich den Inhalt noch jetzt wiedergeben kann. Ein sehr schönes Mädchen war wegen irgend einer That von einer bösen Fee verwünscht worden, als Abzeichen auf der Stirn eine schwarze Blume zu tragen, deren Anblick Jedermann mit Grauen und Entsetzen erfüllte. Nur am Sonntage war sie davon befreit. Desshalb lebte das Mädchen die Woche über in der Verborgenheit oder wagte sich höchstens in einen dichten schwarzen Schleier gehüllt in der Dämmerung oder Nacht auf die Strasse, des Sonntags aber mischte sie sich unter die Menschen und entzückte dann Jedermann durch ihre Schönheit. So sah sie ein junger Prinz und verliebte sich sehr in sie. Sie aber widerstand seinen Werbungen, weil sie wusste, er würde beim Anblick der schwarzen Blume sich vor ihr entsetzen. Jeden Sonntagabend, wenn es dunkel ward, entschwand sie ihm plötzlich und trotz aller Nachforschungen vermochte der Prinz nicht zu entdecken, wo sie sich die Woche über aufhielt. Darüber wurde seine Liebe immer stärker und die ganze Woche war ihm nur ein Harren auf den Sonntag. So war schon fast ein Jahr vergangen, da erschallte einmal an einem Freitag grosses Wehgeschrei durch die Stadt und man rief sich zu, der Prinz sei von einer giftigen Schlange gebissen worden und müsse sterben. Plötzlich drängte sich durch den Haufen der rathlosen Hofbeamten und Aerzte ein schwarz verschleiertes Mädchen, warf sich über den Prinzen hin und sog ihm das Gift aus dem Munde. Und diesem, dem schon die Blässe des Todes das Antlitz bedeckte, rötheten sich auf's Neue die Wangen, seine fast erloschenen Augen fingen an zu glänzen und er richtete sich kräftig empor. Das Mädchen wollte sich still entfernen, der Prinz aber griff nach ihrem Schleier und dieser blieb in seiner Hand. Ergebungsvoll senkte das Mädchen die Augen, aber kein Schreck malte sich in den Zügen des Prinzen, sondern nur eitel sonnige Freude. Denn durch diese That war der Fluch von ihr genommen und ihre Stirn strahlte, obwohl es Freitag war, in dem reinsten Silberglanze. Natürlich war dann eine grosse Hochzeit und sie lebten lange und glücklich bis an ihr seliges Ende.

Zuweilen besuchte ich meine Tante in Wittenburg auf längere Zeit, wo ich dann von ihr und der Grossmutter sehr verzogen wurde. In dieser Stadt gefiel es mir stets sehr wohl, nur an dem Schützenhause ging ich nicht gern vorbei, denn das war für mich ein Ort des Grauens. Ich hatte als Kind eine heftige Abneigung gegen den Knall der Gewehre, wie überhaupt gegen alle überlauten Geräusche. Das mochte wohl der erste Grund sein, dann aber hatte ich eine fürchterliche Angst vor dem Schützenkönig, der mir oft in den schrecklichsten Angstträumen erschienen war als ein mordlustiger Tyrann in der Art des Königs von Dahomey mit dem Motto »Blut muss fliessen knüppeldick«. Traum und Wachen waren mir so in eins geflossen, dass ich stundenlang darüber nachgrübelte, warum wohl in der guten Stadt Wittenburg solch ein entsetzliches Scheusal geduldet würde. Nur mit Furcht und Zittern ging ich an dem Hause vorbei, hinein hätten mich auch die lockendsten Versprechungen nicht gebracht.

Da war es denn doch besser in Perlin, wo nur lauter gute Leute wohnten, die sich alle bemühten gegen Paster-Heinerich freundlich zu sein und ihm nicht in grässlichen Träumen vorkamen, mochten sie nun geringen oder hohen Standes sein. Könige gab es da zwar nicht aber doch den alten Grafen B., dem das Gut gehörte und der in einem stattlichen Hause wohnte, das von einem schönen Park umgeben war und das Schloss genannt wurde. Zwar ich habe es als Kind nie für ein richtiges Schloss aestimirt, denn solches musste nach meiner Ansicht eine Fülle von Thürmen und schön gezierten Giebeln haben wie z. B. das Schweriner, und dies in Perlin war doch nur ein recht stattliches Haus mit einem Kofferdach.

Der alte Graf B. war ein stiller friedlicher Mann, der Niemandem etwas that und ausschliesslich für sein Diner lebte, denn er war ein grosser Feinschmecker und bezog allerlei Delikatessen aus Hamburg zum Theil durch Eilboten. Den ganzen Vormittag über und des Abends genoss er fast garnichts als ein Tässchen Kaffee, Bouillon oder Thee und einige Bisquits und sparte seine ganze Kraft auf das Mittagessen, das um vier Uhr stattfand und zu dem er sich durch planmässige Spaziergänge Appetit erzeugte. Mein Vater, der öfters dort eingeladen war, pflegte später zu sagen, er habe beim Grafen B. an einem Wochentage besser gespeist als beim Grossherzog von Mecklenburg an einer Festtafel. Ich bewahre noch eine freundliche Erinnerung an die geräumige Schlossküche, wo es so lieblich duftete und schneeweiss gekleidete Köche in bläulichem Gewölk wie Opferpriester ihres Amtes walteten.

Nach dem Schlosse zu kommen trachteten wir Kinder sehr, denn dort war Alles wie aus einer besseren Welt. Der alte Graf, die alte Gräfin und ihre Tochter Gräfin Klara waren natürlich höhere Wesen, sie liessen es uns aber nicht fühlen und waren gütig gegen uns. Auf der grossen kühlen Diele des Schlosses, die mit weissen und schwarzen Marmorfliesen gepflastert war, befand sich ein Schrank, der eine ganz besondere Anziehungskraft auf uns ausübte. Wenn wir bemerkten, dass es zu diesem Schranke hinging – und sein Besuch gehörte stets zum Programm, wenn wir einmal dort waren – folgten wir der alten Gräfin stets mit liebevoller Hingabe. Er enthielt allerlei Süssigkeiten und Näschereien, er war gewissermassen ein Dessert-Schrank, und insbesondere erinnere ich mich gewisser kleiner Bisquit-Pantöffelchen, die auf der Zunge zerschmolzen und ganz bezaubernd nach Vanille schmeckten. Wenn ich meine offene Meinung sagen darf, so bin ich der Ansicht, dass es so köstliche Dinge, wie dieser Schrank enthielt, heutzutage garnicht mehr giebt.

Das Zimmer der Gräfin Klara erschien mir immer als ein besonderes Heiligthum. Schon der feine Duft, der dort herrschte, hatte etwas feierlich Stimmendes und dann war dort ein Schrank mit vier Glaswänden, der so viele kleine Zierlichkeiten und köstliche Dinge enthielt, dass man stundenlang daran zu besehen hatte. Von allem, was er enthielt, habe ich merkwürdiger Weise nichts behalten, ich weiss nur noch, dass es wunderbar war.

Ausserdem war noch ein Kind im Hause, die Tochter jener jungen Gräfin, die so allein in der Kapelle auf dem Kirchhofe ruhte. Der junge Graf hatte sich wieder verheirathet; er lebte auf einem benachbarten Gute und hatte die Tochter erster Ehe seiner Schwester Klara überlassen, die das Kind zärtlich liebte und sich nicht von ihm zu trennen vermochte. Sie hiess Lila, und wenn ich an sie denke habe ich immer den Eindruck von einem blass violetten Seidenstoff. Sie war ein zartes Kind, und da man fürchtete, sie möge den Keim der Krankheit in sich tragen, der ihre Mutter erlegen war, so ward sie aufs Aeusserste behütet. Für uns war sie nolimetangere und nur wenn wir uns ganz unnatürlich gesittet und artig betrugen, durften wir einmal mit ihr in demselben Zimmer sein und zusehen wie sie spielte. Sie hatte natürlich die herrlichsten Sachen und ich erinnere mich noch eines kleinen wunderbaren Männchens mit beweglichen Gliedmassen, das die Stufen einer Treppe hinab Kobold schoss und dabei seine Arme und Beine so natürlich setzte wie ein Mensch. Dies erschien mir als der Gipfel menschliche Kunst. Doch auch für uns kamen aus diesem Schlosse allerlei schöne Dinge, denn der junge Graf und seine Schwester waren als Kinder nicht solche Berserker gewesen wie wir und die Spielsachen, die sie damals benutzt hatten, standen alle noch wohl erhalten auf dem Boden. Dort wurde jeden Weihnachten etwas für uns hervorgesucht und so kamen wir zu einer schonen Laterna magika, deren roth geblümter Kasten mir noch deutlich vor Augen steht und womit ich mich an manchem Winterabend auf unserer weiss getünchten Diele vergnügte. Auch ein anderes Spielwerk, das mir später nie wieder begegnet ist, kam dort her. In einem schwarzen Kasten befand sich eine um eine senkrechte Spitze drehbare Trommel, die von innen erleuchtet werden konnte und dann zugleich durch den aufsteigenden heissen Luftstrom der Lichter vermöge eines metallenen Windrades in Bewegung gesetzt wurde. Ueber diese Trommel konnte man verschiedene andere schieben z. B. eine buntfarbig gestreifte. Dann setzte man in die eine offene Seite des Kastens Papptafeln ein, in die durch kleine runde Löcher allerlei Bilder eingezeichnet waren, Blumensträusse, Tempel, Vasen und dergleichen. Wenn nun hinter diesen Bildern die buntgestreifte Trommel sich drehte, so flimmerten sie gar lieblich in stets wechselnden Farben. Oder man schob einen Rahmen von Oelpapier ein und liess dahinter die Hexentrommel sich drehen, in der allerlei greuliche Blocksberghexen ausgeschnitten waren, die dann als weisse gespenstige Gestalten vorüberzogen. Dies Spielwerk habe ich lange gehabt und mir stets neue Variationen dazu ausgedacht. Wenn ich später auf den Gedanken gekommen bin Maschinenbauer zu werden, so glaube ich fast, dass durch diese kleine Maschine der erste Anstoss zu dieser Berufswahl gegeben worden ist.

Am besten gefiel es uns aber von den Schlossbewohnern, dass wir in jedem Jahre nach Weihnachten zum Plündern desTannenbaumes eingeladen wurden. Der gräfliche Tannenbaum trug natürlich ganz andere Wunderdinge als der unsere, der ausser mit Aepfeln, Nüssen und Pfefferkuchen nur noch mit etwas billigem Naschwerk und mit einigen grossen Zuckerpuppen behangen war. Diese Puppen von solider Bauart aus festem weissen Zucker, farbig bemalt und geziert mit köstlichen goldenen und bunten Flittern, die gleich Edelsteinen glänzten, giebt es jetzt auch nicht mehr. Sie waren kostbare Stücke, wurden gleich Heiligthümern verehrt und jedesmal nach Weihnachten in die Sekretairschublade gelegt und für das nächste Fest aufbewahrt. War man sehr artig gewesen, so konnte man sie auch in der Zwischenzeit einmal besehen. So hatten sie schon viele Jahre ehrenvoll gedient. Wir Kinder aber wurden älter und ruchloser und an einem Weihnachten wurden sie, als sie noch am Tannenbaum hingen, angebissen und ihnen die Erde abgegessen, auf der sie standen, wodurch die kleinen Stöcke zum Vorschein kamen, die gleichsam ihre Knochen bildeten und Ihnen ihren sittlichen Halt verliehen. Wir mochten uns wohl sagen, dass da ihr Beruf darin bestand, zu hängen, ihnen diese Erde nicht von wesentlichem Nutzen sein konnte. Ausserdem war sie von besonders dickem Zucker und sehr wohlschmeckend. Durch dieses Verfahren jedoch wurden diese Puppen in ihrem Aussehen so grausam geschändet, dass ferner mit ihnen kein Staat mehr zu machen war. Sie wurden nach der Plünderung des Tannenbaumes uns überantwortet und wir verzehrten den langjährigen Zucker mit vielem Behagen.

Was nun meinen Bildungsgang in dieser Zeit betrifft, wenn man ein so pomphaftes Wort für eine so einfache Sache anwenden darf, so lernte ich, wie schon gesagt, früh lesen. Ob bei meiner Mutter oder bei Küster Sandberg weiss ich nicht mehr, aber die Dorfschule habe ich in der ersten Zeit besucht. Zur Schule musste ich über den Kirchhof gehen. Sie befand sich in einem alten Hause mit Strohdach. Zuerst kam man auf einen schwarz geräucherten Flur, wo sich der Heerd befand und durch die geöffneten Oberflügel der Hausthür der Rauch ging und die Schwalben aus und ein schossen. Rechts war das Schulzimmer und links die Wohnstube des Küsters Sandberg. Hatte mich dieser einmal gestraft, was wohl vorkam, denn für das Lernen in der Schule habe ich in meinem ganzen Leben kein Talent gehabt so nahm er mich nach Schluss der Stunde regelmässig mit in sein Zimmer. Dort standen auf einer Kommode einige Schautassen und aus der einen davon erhielt ich dann ein ganz kleines Stück Kandieszucker, ob als Aequivalent für die ausgestandene Strafe, oder damit ich zu Hause nichts sagen sollte, weiss ich nicht.

Wir hatten einige Pensionäre, die mein Vater unterrichtete, und später nahm ich auch an solchem Unterricht theil. Zuletztwurde zur Aushilfe ein Seminarist als Lehrer angestellt, und ich erinnere mich sehr genau, wie dieser kleine freundliche junge Mann bei uns eintraf. Ich war natürlich dabei, als er seinen Koffer auspackte, und interessirte mich für jedes neue Ding, das da zum Vorschein kam. Endlich holte er einen länglichen, in Papier gewickelten Gegenstand hervor, wickelte ihn aus, und siehe da, es war ein Ende spanischen Rohrs. Du liebe Zeit, in der Umgegend wuchsen ja unzählige Haselbüsche, aber er hatte wohl gedacht, jeder richtige Mann führt sein Handwerkszeug bei sich. Als er den Stock beiseite legte, sagte er mit freundlichem Lächeln zu mir: »Nun, den werde ich wohl nie brauchen.« Trotz dieser liebenswürdigen und optimistischen Aeusserung betrachtete ich das Erziehungsinstrument mit Misstrauen, und etwas wie dunkle Zukunftsahnung rieselte mir den Rücken entlang.

Aus der letzten Zeit meines Aufenthaltes in Perlin stammen auch meine ersten Erinnerungen an politische Ereignisse, deren Wiederklang aber nur wie ein fernes Summen in die Einsamkeit unseres abgelegenen Dorfes drang. Es kam ein wandernder Fremdling mit einer Drehorgel und einer furchtbaren Mordgeschichte, die auf eine grosse Leinwandtafel gemalt war und von ihm mit heiserer Stimme und einem langen Rohrstocke beweglich explizirt wurde. Ausserdem hatte er aber auch noch »vier schöne neue Lieder, gedruckt in diesem Jahr« und ich höre es noch wie er mit furchtbarer Inbrunst sang:

> »Schleswig-Holstein stammverwandt,
> Wanke nicht, mein Vataland!«

Seitdem sang das ganze Dorf dieses Lied. Später ritt auch einmal Oesterreichische Kavallerie durch. Wir Kinder standen mit zwei Dienstmädchen auf dem hochgelegenen Kirchhofe und sahen die weissgekleideten Reiter unten vorbeiziehen. Sie warfen den Mädchen Kusshände zu und riefen sie an: »Schöne Minka«, worüber diese sich fast zu Tode kichern wollten. Es ist ihnen gewiss eine Erinnerung für's Leben gewesen. Als wir vor dieser Zeit bei meiner Grossmutter zu Besuch waren, die unterdes das Gut Bredentin bei Güstrow gepachtet hatte, war dort wegen der Unruhen im Lande ein Gensdarm einquartiert. Er war sehr gutmüthig und spielte gern mit uns Kindern. Wegen seiner tiefen Schwärmerei für Lederkäse wurde er nur »die Kässchandarre« genannt. Dies sind meine

Kindheitseindrücke vom Jahre 1848 und vor der Schleswig-Holsteinschen Erhebung.

Ich war schon über neun Jahre alt geworden und eines Morgens gerade beschäftigt schwarzes Brot in meine heisse Milch zu brocken, als mein Vater das Wort ergriff und uns mit bewegter Stimme mittheilte, wir würden nun bald Perlin verlassen und nach der Residenzstadt Schwerin ziehen, da er dorthin an die Nikolaikirche berufen worden sei. Obgleich sonst Kinder alles Neue mit Jubel begrüssen, so ergriff mich doch wohl der Ton, mit dem der Vater dieses vorbrachte, so, dass einige Thränen in meine heisse Milch fielen. Auch später dachte ich nicht mit Freude an diese Uebersiedelung, denn es ward mir bald klar, was wir verlieren würden, ohne ähnliches dafür einzutauschen. Dort würden wir keine Kühe haben, keine Schweine, Gänse und Enten, höchstens einige Hühner. Auch unsere beiden hübschen Littauer Pferdchen Peter und Liese mussten verkauft werden, und ich konnte dann nicht mehr mit dem Vater über Land fahren, fremde Pastoren und Gutsherren zu besuchen und allerlei Abenteuer zu erleben. Nun erschienen mir alle die kleinen Annehmlichkeiten, die das Landleben bietet, in glänzendem Lichte. Es gab so vieles, von dem man Abschied nehmen musste, aber am meisten that es mir doch leid um unseren schönen grossen Garten, wo ich jeden Baum und jeden Strauch persönlich kannte und in jedem Winkel zu Hause war. Welch ein Füllhorn köstlicher Gaben war er aber auch für uns. Die Stachelbeeren, die er bot, waren von uns vier Kindern nicht zu bewältigen und in guten Jahren streute er so viel rothe und gelbe Pflaumen aus, dass sie waschkörbeweise an die Schweine verfüttert werden mussten, weil dergleichen Obst in der abgelegenen Gegend gar keinen Werth hatte. Manche Bäume erntete ich ganz allein ab, weil sich niemand um sie kümmerte. Am meisten schätzte ich aber die Früchte, die bei der Ernte an den Bäumen vergessen oder übersehen wurden, dort vollständig ausreiften und dann nach und nach einzeln von selber abfielen. Diese erschienen mir immer ganz besonders köstlich und wohlschmeckend. Zur Zeit der Obsternte baute ich mir dann aus Ziegeln und Brettern in einem abgelegenen Gebüsch sogenannte »Muddelkisten«, wo ich wie ein Geizhals meine Schätze aufspeicherte. Unser Garten grenzte an zwei Seiten an den Schlosspark und dort war an dem ganzen Reisigzaune entlang Gebüsch gepflanzt, darunter viele mächtige Haselnusssträuche, die ihre Zweige zu uns hinüber streckten und im Herbste war es dann ein köstlicher Sport, die abgefallenen Nüsse aufzusuchen, die sauber, braun und glänzend zwischen dem welken Laube lagen. Welch eine Fülle von kleinen Freuden bot uns nicht der Lauf des Jahres auf dem Lande, aber es half nichts, von alledem mussten wir Abschied nehmen, und kurz vor unserer Abreise ward sogar Phylax verschenkt, unser getreuer alter Haushund, mit dem ich aufgewachsen war. Ein befreundeter Pastor wollte ihn an sich nehmen und kam in einer Glaskutsche, um ihn abzuholen. Aber kaum hatte man den Hund hineingelockt und die Thür geschlossen, so sprang er auch schon mit einem mächtigen Satze durch die klirrende Glasscheibe wieder hinaus und ausser sich vor Freude über seine Befreiung an uns in die Höhe. Aber es half ihm nichts, er wurde in einen Sack gesteckt und musste trotz seines jammervollen Gewinsels doch mit. Es war herzzerreissend. Man hat das treue Thier in dem neuen Wohnorte an die Kette gelegt, weil es sonst nicht geblieben wäre, und dort ist es bald aus Gram gestorben.

An einem Tage, da der Regen unablässig vom Himmel strömte, ward der Umzug bewerkstelligt, und von nun ab that sich eine neue Welt vor mir auf. Aber die alte vergass ich nie, ich hatte lange Heimweh nach ihr, und noch jetzt gedenke ich ihrer, wer weiss wie oft.

Hold Erinnern schwebt mir vor,
Wie um Fensterbogen
An dem alten Kirchenchor
Tausend Schwalben flogen.

Schwalben rings ohn' Unterlass
In den Lüften wiegend,
Wo ich schöne Märchen las
Zwischen Gräben liegend.

Jene grüne Einsamkeit
Ist schon lang versunken,
Wo ich in der Kinderzeit
Poesie getrunken.

Doch, wenn heut die Schwalben schrein,
Die im Licht sich schwenken,
Meiner Kindheit Morgenschein
Muss ich still gedenken.

Denn die Sehnsucht dauert fort
Nach der Jugend Bäumen,
Und noch immer wandl' ich dort
Nachts in meinen Träumen.

Ja, wohl hundert Mal im Laufe der Jahre bin ich dort im Traum umhergewandelt. Aber immer mit dem Gefühl, dass ich dort nicht mehr hingehöre und mit der stillen Furcht, was wohl der jetzige Besitzer sagen würde, wenn er mich in seinem Eigenthum träfe. Aber niemals kam Jemand. Zuweilen ging ich in solchem Traume in das Haus, um mir zuvor die Erlaubniss zu erbitten die geliebten Stätten meiner Kindheit besichtigen zu dürfen, allein obwohl ich Stimmen hörte in der Ferne und das Schlagen von Thüren, so durchwanderte ich doch die sämmtlichen Räume ohne Jemand zu finden, oder wenn ich dort Menschen antraf, so sahen sie mich nicht, als sei ich Luft. Dieser Traum ist nicht wiedergekehrt, nachdem er einmal eine besonders wunderliche und neue Form angenommen hatte. Als ich in das Haus trat, war ich erstaunt Alles dort prachtvoll verändert zu finden, so dass ich zu der Meinung kam, der jetzige Prediger müsse wohl ein sehr reicher Mann sein. Die Möbel waren mit köstlichem Schnitzwerk bedeckt und überall schimmerten seidene Vorhänge und farbige Teppiche aus dem Orient. Als ich in das Speisezimmer trat, stand da ein mit dem feinsten Linnen gedeckter Tisch mit den Resten einer reichen Mahlzeit; in den zierlich geschliffenen Kelchen der Kristallgläser blinkten die Neigen köstlicher Weine und überall herrschte jene unnachahmliche Unordnung, die eine von der Tafel aufstehende Gesellschaft hinterlässt. Es war aber Niemand dort zu sehen oder zu hören, nur in einer Ecke plätscherte zwischen Blattpflanzen ein kleiner Springbrunnen. Ich ging nun hinaus in den Garten, aber auch dort war Alles ganz sonderbar verändert. Man hatte dort prächtige, von hellem Marmor schimmernde Museen erbaut mit glänzenden Thüren aus vergoldeter Bronze. Ein alter Mann führte mich dort umher und ich fand alle diese Räume angefüllt mit köstlichem Geräth, aus Gold, Silber und seltenen Steinen. Da waren Kunstwerke aus Perlmuttermuscheln, Strausseneiern, Bernstein und geschnitztem Lack und allerlei Naturseltenheiten, merkwürdige Vogelnester und seltsam gefärbte Eier, schimmernde Erzstufen und angeschliffene Kristalldrusen. Ich war auch nicht allein dort, sondern, da es Sonntag war, so war eine Menge von Landvolk herbeigeströmt, wanderte halb scheu vor der ungewohnten Pracht durch die Säle und starrte auf die meist unverständlichen Dinge hin, die sie umgaben. Ich aber hätte gern statt dessen meinen alten lieben und wohlbekannten Garten wieder gehabt, allein seitdem ist er aus meinen Träumen verschwunden.

3. Schwerin.

Von der ersten Zeit in Schwerin ist mir wenig in der Erinnerung geblieben. Ich weiss nur, dass wir unsere gute Grosstante Malchen, in deren mit altjüngferlicher Sauberkeit und Zierlichkeit ausgestatteten Räumen wir vier wilden, an unumschränkte Freiheit gewöhnten Rangen uns aufhielten, bis das Haus eingerichtet war, dass wir diese an ein friedliches Stillleben gewöhnte alte Dame an den Rand der Verzweiflung brachten. Solange sie lebte, erzählte sie mit Grausen von diesen Tagen. Das Haus, in das wir einzogen, lag der Kirche gerade gegenüber, war gross und geräumig, besass einen mächtigen, mit allerlei Gerümpel angefüllten Boden, und Hof und Garten waren nicht allzuklein, so dass wir die beschränktere Freiheit nicht so sehr empfanden. Unsern Hauslehrer behielten wir noch eine Weile, und da dieser ein Neffe des Küsters unserer Kirche war, so hatte er seinem Onkel die Pflicht abgenommen, allabendlich die Betglocke zu läuten. Da ging ich natürlich mit, und nachdem ich unter Aufsicht meines Lehrers gelernt hatte, dieses Amt zu verrichten, durfte ich es später manchmal ganz allein besorgen. Wie verantwortungsvoll kam ich mir vor, wenn ich mit dem grossen Kirchenschlüssel über die Strasse ging und mühsam die Thurmthüre aufschloss! In dem dämmerigen Raume hing ein starkes Seil hernieder, das zu der Glocke ging, und nun galt es, die Sache ordentlich und richtig auszuführen zur Befriedigung der Kenner. Denn ich wusste ja, die ganze Stadt hörte auf mich, sogar der Oberkirchenrath und der Grossherzog. Es galt nun die langsamen Schläge in gemessenen Pausen folgen zu lassen und den einen Doppelschlag hinterher. Mit Zagen ging ich jedesmal an dies wichtige Werk, und hohe Befriedigung erfüllte mich, wenn ich glaubte, dass es mir gelungen sei. Und ich war der einzige Junge in der ganzen Stadt, der solches thun durfte.

Später kam ich in die erste Klasse einer Vorbereitungsschule für das Gymnasium, und da muss wohl mein einsiedlerisch träumerisches Wesen, das ich vom Lande mitbrachte, besonders auffallend gewesen sein, denn meine Mitschüler ertheilten mir alsbald die Beinamen: »Drömer« (Träumer) und »Slapmütz«. Doch streifte ich im Umgang mit so vielen Altersgenossen bald diese Eigenschaft ab und als ich mit elf Jahren auf das Gymnasium kam, nannte mich niemand mehr so.

Bei einem Stadthause mit einem Garten dahinter kommen auch natürlich die Nachbarn in Betracht und ich kann wohl sagen, dass wir deren bemerkenswerthe und eigenthümliche hatten. An der einen Seite wohnte ein Advokat R., der ein grosser Gartenliebhaber, Blumenfreund und Obstzüchter war und alle seine freie Zeit in seinem Garten zubrachte. Es war unglaublich, was in diesem doch nicht allzugrossen Raume Alles wuchs. Alle Hauswände, die Wand eines hinten anstossenden Hauses und die hohen Plänkenzäune waren mit Spaliers versehen, an denen er eine Fülle köstlicher Weintrauben zog und ausserdem Pfirsiche, Aprikosen, Maulbeeren und Schattenmorellen. Er hatte auch eine Feigenplantage, die alljährlich grosse süsse Früchte lieferte und sonst viele Obstbäume von edlen Sorten. Am bemerkenswerthesten aber war dieser Garten durch seine Rosenpracht. Um die Zeit des beginnenden Sommers glühten und blühten die Rosen dort in allen Formen und Farben, weiss, rosa, goldgelb und feuerroth bis purpurschwarz. Da waren buschige und hochstämmige, strauchartige und rankende, winzige und riesige, einfache und gefüllte. Als ich später meine erste Novelle, den »Rosenkönig« schrieb, schwebte mir immer die Rosenpracht dieses Gartens vor.

Die Nachbarschaft auf der anderen Seite hatte einen kleinen Strich in's Unheimliche. Das Haus und der wenig gepflegte Garten gehörten dem Sanitätsrath G., dem wegen einer etwas dunklen Geschichte verboten war, zu praktiziren. Ich habe nie recht deutlich erfahren, welcher Art sein Vergehen gewesen ist. Meine Schwestern fürchteten sich vor ihm, und als sie halbwüchsige Mädchen waren, rannten sie sofort aus dem Garten, wenn der freundlich grinsende Eulenkopf des Nachbars mit den stechenden hellgrauen Augen über den Zaun blickte. Er hatte mehrere Häuser in der Stadt, galt für reich und konnte also den Verlust seiner Praxis verschmerzen. Zum Zeitvertreib beschäftigte er sich mit allerlei wunderlichen, physikalischen und chemischen Experimenten. Er besass eine asthmatische fette Frau, mit der er sich stets zankte und einen kleinen fetten Sohn, den sie beide gemeinschaftlich auf's Aeusserste verzogen. Im ersten Frühjahr unseres Aufenthaltes in Schwerin war dieser in unseren Garten gekommen, um mit uns zu spielen. Uns missfiel aber der fette verpimpelte Junge, der bei dem warmen Frühlingswetter einen schottisch karrierten Mantel trug, durchaus, welchem Missfallen wir dadurch Ausdruck gaben, dass wir ihn nahmen und ihn hinten durch seinen Halskragen zwischen Hemd und Haut so voll feuchte Gartenerde füllten, als er fassen konnte. Er flüchtete sich natürlich unmenschlich brüllend an seinen heimathlichen Heerd und wir gingen durch diese verruchte That seines ferneren Umganges verlustig. Später wurde dann öfter irgend ein blasser duldsamer Knabe zu ihm eingeladen, der gegen gute Fütterung mit ihm spielen und sich von ihm tyrannisieren lassen musste.

Das Hintergebäude des Hauses, in dem der Sanitätsrath G. wohnte, war ziemlich gross und hatte ein flaches Dach. Auf diesem Dache stand ein kleines Glashäuschen, dessen Fenster stets dicht verhangen waren und dessen Bestimmung dunkel war. Man behauptete, der Sanitätsrath nehme dort Sonnenbäder. Um das flache Dach lief ein eisernes Geländer, das seltsamen Zierrath zur Schau trug. Auf jeden Pfosten war nämlich ein umgekehrtes Medizinglas gesteckt. Der Sanitätsrath G. wusste, dass Glas die Elektrizität nicht leitet und so wollte er verhüten, dass der Blitz in dieses Haus schlüge.

Uns gegenüber lag, wie schon gesagt, die Nikolai- oder Schelf-Kirche und um sie herum ein stattlicher Platz mit alten Linden bepflanzt, der »Schelfkirchhof.« Das war ein herrlicher Spielplatz für die umwohnende Jugend. Darum wurde es in der schulfreien Zeit bei nur einigermassen erträglichem Wetter dort nicht still von dem fröhlichen Getöse der Kinder, die dort die Spiele der Jahreszeit spielten. Sie begannen im ersten Frühling mit Buutz (Anwerf-Spiel mit Knöpfen) an der Kirchenmauer und Murmel. Dann wurden grossartige Tründelband- (Reifen) Wettrennen veranstaltet und später kamen alle möglichen Ballspiele, Ausläufer, Krinkball (Kreisball) und Kuhlsäg' (Sauball). Wieder gab es dann eine Zeit, wo nur Hirsch und Has' oder Klodibo (Anschlag), Letzten (Zeck), Hinken Düwel (Schwarzer Mann) und Abenkloss gespielt wurde. Das letzte war ein eigenthümliches Spiel, bei dem jeder Theilnehmer einen Namen nach dem Alphabet erhielt, bei dem er aufgerufen wurde. Die Namen hiessen: »Abenkloss, Bibo, Cizo, Dido, Eickenbreker, Fahnensteker, Gurkenfreter ….. Weiter weiss ich sie nicht, wahrscheinlich, weil selten mehr als sieben Theilnehmer an dem Spiel vorhanden waren. Im Winter gab es dann Schanzenbau oder gewaltige Schneeballschlachten oder man fuhr im Schlitten die benachbarte steile Kirchenstrasse hinab. Freilich, da gab es noch eine bessere Bahn, die steile Strasse neben dem Arsenal, die so abschüssig war, dass man sie für Wagenverkehr gesperrt hatte. Dort aber war das Schlittenfahren verboten. Das war natürlich kein Hinderniss, wenn man einen guten Freund hatte, der unten stand und auf die Wagen und »Auras« aufpasste. Wenn der dann sein: »Numan!« rief, heidi, da gab es eine Fahrt, dass es nur so sauste. Im Nu war man unten dann gings quer über die Alexandrinenstrasse und die Promenade, dann eine steile Uferböschung hinab und mit einem Hopps über die Kaimauer auf den gefrorenen Pfaffenteich hinauf. »Jungedi, wo güng dat fein?«

Was nun den vorhin genannten Auras betrifft, so war das der gefürchtetste von den Polizisten, den sogenannten Stadtdienern. Er war gross und hager und ausgerüstet mit langen Beinen und desgleichen Fangarmen. Seine runden hurtigen Augen schienen Alles in weitem Umkreis, gleichzeitig zu sehen. Etwas Wildes, Sprunghaftes lag in seinem Wesen: er hatte eine fatale Fertigkeit darin, plötzlich da zu sein oder unvermuthet um eine Ecke zu kommen, und der warnende Ruf: »Auras!« bedeutete für Alle, die etwas Verbotenes vorhatten: »Rette sich, wer kann!« Wenn ich jetzt die Phrase von dem Auge der Gerechtigkeit höre oder lese, so muss ich noch immer an Auras seine Augen denken. Um den Schelfkirchhof herum wohnten noch einige bemerkenswerthe Leute, z. B. Bäckermeister Trapp, der durch seine grossen Appelstuten berühmt war, eine Delikatesse für sehr anspruchslose Feinschmecker, was schon aus dem Preise von einem Dreiling (wenig mehr als 1 ½ Pfennig) für das ziemlich grosse Gebäck hervorgeht. Es bestand aus gewöhnlichem Brotteig mit eingebackenen sauren Aepfeln. Es gab welche, die dafür schwärmten, ich aber habe mich nie so tief erniedrigt. An diesem Platze lag auch die Vorbereitungsschule, die ich zuerst besuchte, und von 1855 ab wohnte dort eine wirkliche Weltberühmtheit, nämlich der Komponist Max von Flotow, Intendant des Schweriner Hoftheaters, dessen Opern Martha und Stradella damals schon über alle Bühnen gegangen waren. Ich habe ihn aber für nichts Besonderes geschätzt, obwohl ich genug davon hörte, denn wie konnte wohl ein behäbiger Mann, der uns gegenüber wohnte und jeden Tag über den Schelfkirchhof ging, eine grosse Berühmtheit sein. Ich glaube, hätte Goethe dort gewohnt, ich hätte ihn auch nicht für etwas Besonderes gehalten.

Neben diesem berühmten Manne wohnte der Forstrevisor M., der von einer einzigen Frau zweiundzwanzig Kinder hatte, von denen eine ganze Menge am Leben und zum grössten Theil damals noch zu Hause waren. Da ich mit seinem Sohne Adolf befreundet war, so kam ich öfter in's Haus und da hat sich mir als besondere Merkwürdigkeit ein grosser Saal eingeprägt, in dem alle diese Kinder, worunter schon erwachsene Mädchen waren, schliefen. Durch allerlei spanische Wände, Vorhänge und dergleichen um die verschiedenen Bettgruppen herum war er in geschlossene Abtheilungen geschieden und so dieser Reichthum ganz gut untergebracht. Für uns Kinder war dieser Schlafsaal am Tage mit seinen vielen Ecken und Winkeln, Ab- und Einbuchtungen eine Gelegenheit zum Versteckspiel, wie sie nicht leicht besser gefunden werden konnte. Dieser Adolf M. war dadurch merkwürdig, dass überall, wo er auch ging und stand, seine Augen auf den Boden gerichtet waren. Er hatte nämlich einmal ein Achtschillingsstück (50 Pf.) gefunden, und das hatte einen solchen Eindruck auf ihn gemacht, dass er seitdem das Suchen als Sport betrieb. Wegen seiner Ausdauer darin fand er natürlich auch mehr als andere, bald mal ein Messer, einen Taschenkamm, einen Schilling oder einen werthvollen Knopf, der seine sechzehn bis zweiunddreissig Hosenknöpfe werth war. Denn bei Leibe darf man nicht glauben, dass bei uns ein Knopf ein Knopf war, da bestanden die grössten Werthunterschiede und ein vollständig ausgebildetes Münzsystem. Der Hosenknopf bildete die Einheit und in der »Buutz«-Saison kam es vor, dass besonders eifrige und unglückliche Spieler sich alle Knöpfe vom Leibe schneiden mussten, um ihren Verpflichtungen zu genügen. Wenig geschätzt waren die hohlen Metallknöpfe, hoch dagegen die massiven klingenden von Messing oder Bronze. Ein »Posthorn« galt, wenn ich nicht irre, sechzehn. Die Stelle der Goldstücke aber vertraten die umfangreichen, oft über thalergrossen schwedischen Kupfermünzen, die durch Seeleute oder Reisende zuweilen in's Land kamen und den grössten Reichthum der Knopf-Kapitalisten ausmachten. Denn solche gab es mit schweren, strotzenden Beuteln, deren Inhalt man auf viele tausend Hosenknöpfe schätzen konnte. Ich habe nie zu ihnen gehört und spielte mir das Schicksal einmal ein kleines Kapital in die Hände, so half es bald einen dieser strotzenden Beutel schwellen. Es ist bei Kindern wie bei grossen Leuten und wer jene genau beobachtet, der kann schon früh voraussagen, wer einmal auf Gummirädern fahren wird.

Ich kam wie schon gesagt mit elf Jahren in die Quinta des Schweriner Gymnasiums und war damals der jüngste in der Klasse, muss also wohl bis dahin ein ziemlich guter Schüler gewesen sein. Von diesem Zeitpunkt an war es aber damit zu Ende und ich erinnere mich noch, dass mir einmal vier Schillinge (25 Pf.) versprochen wurden, wenn ich einmal eine Woche lang nicht nachsässe. »Das lässt tief blicken!« würde ein gewisser sozialdemokratischer Abgeordneter sagen. Ich gewann aber diesen Preis und erstand mir für das Geld eine Maultrommel, auf welchem Instrument ich mich mit vielem Eifer zu üben begann. Wir hatten nämlich einen Virtuosen in der Klasse, der es verstand in den Zwischenstunden, Arion gleich, die wilde Bande in stille, zahme Lämmer zu verwandeln, wenn er ihnen etwas auf der Maultrommel vorspielte. Die zarten geisterhaften Klänge dieses Lieblingsinstrumentes von Justinus Kerner gefielen mir wohl, allein ich brachte es zu keiner besonderen Kunstfertigkeit. Hier kann ich wohl gleich einfügen, dass drei Klavierlehrer sich durch acht Jahre an mir abgeärgert haben, ohne mir etwas beibringen zu können. Nicht dass ich unmusikalisch gewesen wäre, aber ich wollte nicht. Durch nichts kann man übrigens einen Klavierlehrer mehr ärgern, als wenn man achtmal hinter einander f anschlägt, während man ganz genau weiss, dass es fis sein soll.

In Quinta blieb ich drei Jahre, während der regelrechte Kurs nur ein und ein halbes Jahr dauerte. Das hatte ich nun allerdings nicht ganz meiner mangelhaften Arbeitslust zu verdanken, sondern als ich mich schon in der ersten Abtheilung befand, wurde eine Sexta eingerichtet, wodurch die Quinta zugleich auf eine höhere Stufe rückte. Es wurden dann nur die allerbesten nach Quarta versetzt und aus dem Rest die neue Quinta gebildet, in der ich als mässiger Schüler wieder in die zweite Abtheilung kam. Jedenfalls hat mir aber wohl das lange Hocken in ein und derselben Klasse die Lust an der Schule gänzlich verdorben. Uebrigens gab es zuletzt in dieser Klasse eine Bande von rohen Gesellen, die zum Theil schon über fünfzehn Jahre alt und deren einzelne, möchte ich sagen, mit allen Lastern bekannt waren. Man meint jetzt oft, die Jugend sei im Allgemeinen verdorbener als vor etwa vierzig Jahren, das aber kann ich nach meinen Erfahrungen nicht zugeben. Es gab auch damals genug, die in dieser Hinsicht nichts zu wünschen übrig liessen, und wollte ich davon erzählen, so könnte ein moderner Naturalist daran seine helle Freude haben. Der Anführer dieser Bande übrigens, auf dessen Anstiften dieschwächeren in der Klasse, auf eine nicht wiederzugebende Weise tyrannisirt wurden, erschoss sich später noch in jungen Jahren.

Etwas besser ging es mir in Quarta und zwar aus einem besonderen Grunde. Der Oberlehrer von Quarta, Doktor Büchner, bei dem das Griechische anfing, war musikalisch und hatte aus Liebhaberei die Singstunde übernommen. Da ich nun eine gute und starke Sopranstimme hatte und im Singen immer obenan sass, so hatte er eine Vorliebe für mich, kam mir, als ich in seine Klasse versetzt wurde, wohlwollend entgegen und, was mir noch nie passiert war, er traute mir etwas zu. Damit hatte er mich gefangen, und, obwohl ich auch hier kein Licht war, kam ich doch durch diese Klasse in der regelrechten Zeit und wurde fünfzehn und dreiviertel Jahre alt nach Tertia versetzt, wo dann das alte Elend wieder von vorne anfing. Es gab allerdings Fächer, in denen ich etwas leistete, wie Deutsch, Mathematik, Geographie und Alles, was mit Naturwissenschaften in Zusammenhang stand, allein das hatte damals gar nichts zu bedeuten und kam gegen die alten Sprachen überhaupt nicht in Betracht. Wer sein lateinisches Exerzitium ohne Fehler machte, seine unregelmässigen Verba am Schnürchen hatte und im Griechischen etwas leistete, der konnte in den übrigen Fächern so mässig sein, wie er wollte und ein Deutsch schreiben wie ein Hausknecht, darauf kam es gar nicht an. So nützte es mir denn auch nicht das Geringste, dass ich im deutschen Aufsatz stets einer der besten war. Der alte Doktor Schiller sagte dann wohl, wenn er solche Arbeiten zurückgab: »Ja, der Seidel! Ist sonst so'n schlechter Schüler, aber Deutsch kann der Jung'. Hab'm wieder 2 a geben müssen Ich weiss nicht, wo der Jung' das her hat.« Wäre ich auch in den anderen Fächern besser gewesen, hätte ich wahrscheinlich eine 1 erhalten. Solches Urtheil diente dann zu meiner eignen höchsten Verwunderung, denn ich hatte dies nie erwartet, weil ich wie gewöhnlich die Arbeit bis zum letzten Augenblicke aufgeschoben und den Aufsatz morgens vor Anfang der Schule ohne Kladde hingeschrieben hatte. Ich hielt dies für eine Art Verblendung des Lehrers, da ich selbst von meinen Fähigkeiten eine sehr geringe Meinung hatte. Aehnlich erging es mir, als ich früher einmal in meinem zwölften Jahre, durch den damals ausgebrochenen Krimkrieg angeregt, mein erstes Gedicht machte. Mein Vater bekam es zufällig zu sehen, las es durch, schmunzelte und sagte: »Nun, gar nicht so übel!« Da überkam mich eine tiefe Beschämung, es fiel mir ein, dass ich oft gelesen hatte, wie Eltern geneigt seien, die

Befähigung ihrer Kinder zu überschätzen und sofort ging ich hin und steckte das Gedicht ins Feuer.

War, wie bei dieser Aufsatzgeschichte, das wenige Lob, das ich erhielt, auch noch in einen Tadel eingewickelt, so verfuhr noch schlimmer mit mir der alte Prorektor Reiz, wenn ich, wie es öfter geschah, in dem ganzen Glanze meiner Unwissenheit vor ihm sass. Er pflegte dann mit milder Stimme zu fragen: »Seidel, wann gehn Sie ab?« Die ganze Klasse, der diese Frage natürlich ein besonderes Gaudium machte, murmelte dann im Chor: »Noch lange nicht, noch lange nicht!« »Das ist schade!« erwiederte dann der alte Prorektor Reiz mit sanftem Ton. Dieser Lehrer, der übrigens nicht unbeliebt war, hatte eine sonderbare Art sich mit Hyperbeln in Zorn zu reden. Einmal kam er darüber zu, wie zwei Brüder sich prügelten: »Der Jung', der Jung'« sagte er »schlägt seinen Bruder! Nächstens bringt er wohl gar seinen Vater um – schneid't seiner alten Grossmutter den Hals ab! Der Jung', der Jung' – so'n Mörder!«

Er war damals schon ganz weiss und alt, ist aber noch lange Jahre auf seinem Posten geblieben. Zuletzt pflegte er während der Stunden mitten im Satz einzuschlafen, oft an dreissig Minuten lang. Die Klasse verhielt sich dann zu ihrem eigenen Vortheil, um ihn nicht aufzuwecken, mäuschenstill und es wurde auf diese Art eine Ruhe erzielt wie sonst durch kein Mittel. Gegen Ende der Stunde pflegte er aufzuwachen und fuhr dann in seinem Satz fort, als sei nichts geschehen.

Bemerkenswerth und bequem für die Klasse war die Methode, mit der Doktor Schiller in Tertia den Homer traktirte. Die Schüler mussten von oben an der Reihe nach übersetzen und da jedesmal nur zwei, höchstens drei drankamen und er niemals ausser der Reihe fragte, so hatte man gut Zeit unter dem Tisch Heine oder Immermann zu lesen, oder irgend eine andere Arbeit zu erledigen. Schiller war als niederdeutscher Sprachforscher nicht unbedeutend und seine Arbeiten »Zum Thier- und Kräuterbuche des mecklenburgischen Volkes« und zum »Niederdeutschen Wörterbuch« haben den Beifall der Kenner gefunden. Als Lehrer stand er aber nicht auf der Höhe, wie das oft bei Gelehrten der Fall ist. In Tertia hatten wir eine Stunde Deutsch, die dadurch ausgefüllt wurde, dass von den Schülern der Reihe nach Gedichte aufgesagt wurden, während der Lehrer auf dem Katheder sass und Aufsätze korrigirte, wobei er weder sah noch hörte. Darauf baute mein Freund Fritz Jenning seinen Plan, als er es wagte, das berühmte Gedicht aus den »Musenklängen aus Deutschlands Leierkasten« zu deklamiren, dessen erste Strophe lautet:

»Hinan, hinan zum sprossenreichen Spiegel,
Zum flüss'gen Dolch, der bunte Schatten theilt,
Hinan, hinan, mit grinsend mattem Zügel,
Bis ihr das Ziel Thermopylae ereilt!«

und das weiterhin die wunderschöne Stelle enthält:

»Wo Chinas Vögel sich mit Anemonen gatten
Stürzt ein Koloss in Weltenblüthenstaub.«

Ohne eine Miene zu verziehen, korrigirte der Doktor bei diesem Attentat seine Aufsätze weiter, doch mochte es ihm aus diesen Versen doch wohl etwas exotisch angeweht haben, denn er fragte am Schluss: »Von wem ist das?«

»Von Chamisso!« antwortete Fritz Jenning mit unerschütterlicher Frechheit.

»Gut, setz' dich!«

Ich selber, der, wenn es mir Spass machte, auch arbeiten konnte, lernte einmal für diese Stunde die sechsundvierzig siebenzeiligen Strophen des Lichtenbergschen Gedichtes über die Belagerung von Gibraltar in einem Nachmittag auswendig, weil mir diese burlesken Verse ungemein gefielen und trug sie dann ohne Anstoss vor. Der Beiname dieses Lehrers war Gagus, weil in seiner breiten mecklenburgischen Aussprache der lateinische Eigenname Cajus diese Form annahm. Seine Frau hiess in Folge dessen Gaga, sein Sohn Gagulus und seine Tochter Gagula. Gagulus, mein Mitschüler, ist nachher ein sehr tüchtiger Offizier und Prinzeninstruktor am mecklenburgischen Hofe geworden.

Gagus selber hatte mässigen Schülern gegenüber einige Redensarten an sich, die er oft wiederholte. Die eine lautete: »Der Jung' muss aufs Schiff, muss was mit'n Enn'butt (Tauende) haben!« Er hätte übrigens als niederdeutscher Sprachforscher wissen müssen, das es »Buttenn'« heisst. Die zweite hiess: »Der Jung' muss Grobschmidt werden!«

Seltsamer Weise haben mein Bruder Werner und ich, die wir beide solche Redensarten oft genug zu hören bekamen, diese Rathschläge genau befolgt, denn mein Bruder wurde Seemann und ich habe später, als ich in der Fabrik arbeitete, oft genug am Ambos gestanden, denn schmieden war meine Passion.

Das Schweriner Gymnasium befand sich damals noch in den Räumen des alten Klosters, das an den Dom angebaut ist. Der eine Flügel enthielt die Klassenzimmer, der andere die Aula, die früher als Refektorium diente, und die Wohnung desSchuldieners. Verbunden waren beide Gebäude durch einen Kreuzgang und dazwischen lag der alte Klosterhof, der in den Zwischenstunden als Spielplatz diente. Obwohl ich nun in diesem düstern Ziegelbau wenig Gutes erlebt habe, so hängt mein Herz doch noch ein wenig an ihm, wie an allen Stätten meiner trotz alledem glücklichen Kindheit. Oftmals noch wandre ich im Geist durch den kühlen gewölbten Kreuzgang und höre dann das Kläffen der Dohlen, die in den zahlreichen Rüstlöchern des Domes ihre Nester haben, und das unablässige Schreien der Thurmschwalben. Auch sehe ich mich dann jedes Mal selber, wie ich ein hagerer, langaufgeschossener Junge am Schluss der Schule als der erste in ungeheuren Sätzen die alten ausgetretenen Holztreppen hinabgedonnert komme, um froh der gewonnenen Freiheit schleunigst um die Ecke zu verschwinden.

In diesem alten Kreuzgange traten wir auch an, wenn es im Sommer an jedem Mittwoch oder Sonnabend um vier Uhr hinausging zum Turnplatz. An das Turnen knüpfen sich meine fröhlichsten Schulerinnerungen, denn an die vier Fächer, in denen ich etwas leistete: Deutsch, Mathematik, Geographie und Singen reihte sich als fünftes und bestes das Turnen an, eine Zusammenstellung übrigens, die jedem richtigen Schulmanne ein mitleidig verächtliches Lächeln auf die Lippen nöthigen muss. Der sehr grosse, zum Theil mit alten Bäumen bestandene Turnplatz liegt eine halbe Stunde vor der Stadt auf dem Schelf-Werder, einer hügelreichen bewaldeten Halbinsel zwischen dem grossen und dem Ziegelsee und wir zogen hinaus mit fliegenden Fahnen und Gesang. Besonders beliebt waren zwei Lieder, nach denen es sich gut marschiren liess: »Die Hussiten zogen vor Naumburg« und das alte Volkslied: »Es war einmal ein Mädchen, das hatt' zwei Knaben lieb!« Diese wurden fast jedesmal gesungen.

Das Turnwesen war eigenthümlich organisirt auf dem Schweriner Gymnasium und ganz den Schülern überlassen, ohne dass sich die Lehrerschaft viel hineinmischte. Der Turnrath erwählte aus sich den Turnwart, der das Ganze leitete und von den jüngeren Schülern als eine Art Halbgott betrachtet wurde. Denn an Macht stand er einem Lehrer gleich und da man selbstverständlich immer eine möglichst energische Persönlichkeit für diesen verantwortungsvollen Posten wählte, so genoss er weit mehr Respekt als wessen sich die meisten Lehrer rühmen konnten. Zwar war immer einer von diesen zur Beaufsichtigung abgeordnet, allein der zog es meist vor, in dem benachbarten Wald-Wirthshaus des Henn Duve die schöne Luft zu geniessen und dazu Kaffee zu trinken. Er zeigte sich meist nur auf wenige Augenblicke, um mit wohlwollendem Lächeln Alles in Ordnung zu finden. Die Turnsache gedieh übrigens bei dieser Einrichtung und es war ein frischer Zug in dem Ganzen. Ausserdem war noch ein Turnlehrer vorhanden, ein früherer Unteroffizier, der die Freiübungen leitete, sonst aber nur einen berathenden Einfluss ausübte.

Ging das offizielle Turnen gegen sechs Uhr zu Ende, so kündigte sich das durch den Ausruf an: »Dor kümmt Tesch mit' e Kanon'!« Man sah dann auf der Chaussee einen kleinen grauhaarigen Mann, den Schuldiener heranwurzeln, der auf einem kleinen Wagen ein Fass hinter sich her zog. Dies enthielt Wasser, denn solches war auf dem Turnplatze nicht vorhanden und musste aus dem benachbarten Forsthofe herbeigeschafft werden. War nun diese Wasser-Kanone auf dem Turnplatz angelangt und nach Schluss der ersten Abtheilung die allgemeine Tränkung beendet, so folgten darauf gemeinsame Spiele, Kürturnen und dergleichen und gegen Abend zog man mit fröhlichem Gesange wieder nach Hause. Der Schluss des Turnens fand jedesmal am 18. Oktober statt und dieser wurde bald für mich der glänzendste und ruhmreichste Tag im Jahre. Denn bald gelang es mir, einen der acht Eichenkränze zu erringen, die beim Wetturnen an die besten vertheilt wurden und dann erhielt ich vier Jahre hindurch den zweiten. An den ersten konnte ich trotz vieler Uebung und harten Kampfes nicht gelangen, denn einer meiner Mitschüler Daniel mit Namen konnte immer noch ein kleines bischen mehr als ich. Zu diesem Feste zog man ebenso wie bei der Eröffnung des Turnens mit dem grossen Banner, und mit Militairmusik aus und den Abschluss bildete die feierliche Vertheilung der acht Eichenkränze und die Entzündung eines mächtigen Scheiterhaufens aus Holz und Theertonnen, wozu der Turnwart eine Rede hielt und patriotische Lieder gesungen wurden. Dann zogen wir mit Musik nach Hause, voran gleich hinter dem Banner die acht Sieger, die ihre mächtigen Kränze wie Schärpen umgehängt trugen. In der Stadt befanden sich trotz der Dunkelheit viele Leute und alle grossen und kleinen Mädchen an den Fenstern und lächelten gar lieblich und winkten mit Taschentüchern.

In jedem Jahre wurde von den jüngeren Schülern eine kleine eintägige, von den älteren eine grosse Turnfahrt unternommen, die drei bis vier Tage dauerte. An einer grossen Turnfahrt habe ich nur einmal zu Beginn meines fünfzehnten Jahres Theil genommen und diese ist mir dadurch bemerkenswert geblieben, weil sie meine erste Reise war, die in's Ausland führte. Denn in Mecklenburg nannte man und nennt man vielleicht noch jetzt Alles Ausland, was nicht Mecklenburg selber ist. Ich berührte auf dieser Fahrt sogar zwei Ausländer, nämlich Lauenburg und Lübeck, strenge genommen sogar drei, da das Fürstenthum Ratzeburg zu Mecklenburg-Strelitz gehört. Doch dies zum Ausland zu rechnen, soweit gehen, glaube ich, meine Landsleute von der strengsten Observanz nicht. Sie sagen höchstens von einem, der dort geboren ist: »Er ist *nur* ein Strelitzer«, weil Mecklenburg-Strelitz doch nur ein so kleines Land ist.

Wir marschirten am ersten Nachmittage bis zu der über drei Meilen entfernten Stadt Gadebusch, wobei wir natürlich nicht unterliessen, bei Rosenberg das Denkmal zu besuchen, das die Stelle bezeichnet, wo Theodor Körner gefallen ist. Von Gadebusch wanderten wir am anderen Tage nach Ratzeburg und fuhren von dort mit der Bahn nach Lübeck. Die schönen, mittelalterlichen Bauten dieser freundlichen alten Hansastadt machten mir damals wenig Eindruck, dass ich aber am Abend in dem berühmten Rathskeller sass vor einer veritablen halben Flasche Rheinwein, dass ich diese saure Flüssigkeit mit männlicher Gelassenheit vertilgte, ohne dass meine stille Besorgniss sich erfüllte, ich würde nun einen sogenannten Rausch bekommen, das war eine Erinnerung für's Leben. Am nächsten Tage fuhren wir mit einem Dampfer nach Travemünde und wanderten an der Ostsee entlang über Schwansee und Klütz nach Schloss Bothmer, wo der Graf uns eingeladen hatte. Schloss Bothmer ist ein sonderbares rothes weitläufiges Gebäude aus der Mitte des vorigen Jahrhunderts und liegt in einem Wiesengrunde. Schloss und Park sind umgeben von einem breiten Wallgraben, den eine Allee von hohen Linden begleitet, eine launenhafte Anlage wie so manche aus jener Zeit. Wir wurden dort gut aufgenommen und im Garten waren grosse Tafeln für uns gedeckt. Zur Nacht schliefen wir auf Streu in einer mächtigen bedeckten Reitbahn. Der nächste Tag war der unergiebigste der Reise, wir wühlten uns durch unendlichen Sand auf Wismar zu und fuhren von dort mit der Bahn nach Hause.

Da mir nun in der Schule wenig Glück blühte, so war es natürlich, dass ich mir anderweitige Beschäftigungen suchte und dazu bot die herrliche Umgegend Schwerins die beste Gelegenheit. Diese Stadt liegt in einer echt norddeutschen Landschaft, deren Schönheit hauptsächlich beruht auf dem Reichthum an Wasser, bewaldeten Hügeln und grünen von gewundenen Bächen durchströmten Wiesenthälern. Der sogenannte »Grosse See«, an dem Schwerin liegt, erstreckt sich von Süden nach Norden in einer Länge von zweiundzwanzig Kilometern und ist bei der Stadt fast sechs Kilometer breit. Ausserdem liegen in unmittelbarer Nähe der Stadt und zum Theil in ihr, noch acht andere grössere und kleinere Seen, so dass überall, wohin man sich nur wendet, Wasserflächen aufblitzen, bald umrahmt von schönen stattlichen Bauwerken, bald von Gärten und Anlagen, bald von hohen bewaldeten Ufern oder wallenden Kornfeldern. Charakteristisch für den grossen Schweriner See, wie für viele dieser in den Diluvialmergel eingegrabenen Gletscher-Erosions-Seen sind die steil abfallenden Uferböschungen, die stellenweise, wie bei dem Grossherzoglichen Mustergut Raben-Steinfeld sich bis zu dreiunddreissig Metern über den Seespiegeln erheben und meistens mit schön gemischtem Walde bestanden sind. In der Nähe dieses Schwerin gegenüberliegenden Gutes hat dieses steile Ufer einen gebirgsähnlichen Charakter, rieselnde Quellen entspringen aus ihm und Pflanzen kommen dort vor, die im Gebirge wohl häufig sind aber in Mecklenburg nur wenige Standorte haben, wie z. B. Akelei und gelber Fingerhut und sonst viele im Lande seltene Gewächse. Der schmale, durchschnittlich kaum einen Kilometer breite Höhenrücken, auf dem Raben-Steinfeld liegt, trennt den Grossen See vom benachbarten Pinnower See und ist auch dadurch interessant, dass er eine sehr ausgesprochene Wasserscheide bildet. Denn der Grosse See fliesst durch Stör, Elde und Elbe in die Nordsee ab, während der so nahe, aber zehn Meter tiefer gelegene Pinnower See seinen Ueberschuss an die nicht weit davon vorüberfliessende Warnow und somit an die Ostsee spendet. Zugleich aber hat der Grosse See die Eigentümlichkeit, durch den an seiner Nordspitze entspringenden Wallensteingraben, der eine Menge von Mühlen treibt, ausserdem noch an die nur vierzehn Kilometer entfernte Ostsee abzufliessen, so dass er zwei Meeren seinen Tribut zahlt.

Der etwa acht Kilometer von Schwerin gelegene, zur Hälfte von schönem Buchenwald umgebene und mit zwei kleinen Inseln gezierte Pinnower See gilt mit Recht als eine landschaftliche Perle der Schweriner Umgegend und ist ein beliebtes Ziel für Ausflüge. An seinem Ufer der bewaldeten Seite gegenüber liegen zwei Dörfer, Pinnow und Grodern. Als ich vor etwa zwölf Jahren den trefflichen mecklenburgischen Landschafter Malchin besuchte, der sich für den Sommer in Godern festgesetzt hatte, einem Dorfe mit lauter uralten bemoosten Strohdächern, da sagte er mir: »Zehn Jahre kann ich malen, ehe ich alle die Motive aufgebraucht habe, die es hier giebt«. Ich habe meine Schilderung der Schweriner Umgegend an diesem entfernteren Punkte begonnen, weil sich hier dieses echt norddeutsche Landschaftsbild am schönsten darstellt. Wer die Umgegend von Potsdam kennt, kann sich von dem Anblick der sich von der Raben-Steinfelder Höhe auf den Grossen See, auf seine bewaldeten dämmernden Uferbuchten und auf das ferne thurmreiche Schwerin gegenüber schon vorstellen, nur muss er sich Alles etwas grossartiger, die Wasserflächen mächtiger und den Laubwald üppiger denken.

Zwischen Schwerin und Raben-Steinfeld liegen in diesem südlichen Theile des Grossen Sees zwei ziemlich gleich grosse Inseln. Die eine der Ziegelwerder wird fast ganz beackert und ist ziemlich flach, die andere dagegen, der Kaninchenwerder, ist hügelig und zum grössten Theil bewaldet, und bildet einen sehr beliebten Vergnügungsort für die Schweriner. Man findet dort uralte Dornbüsche, die sich zu stattlichen Bäumen ausgewachsen haben, ausserordentlich viele wilde Obstbäume und Haselnusshorste von riesenhafter Grösse, deren einzelne Stämme über einen Fuss im Durchmesser haben, wilde Rosen, die zum Theil bis hoch in die Baumwipfel gestiegen sind und Brombeeren von seltener Fülle und Ueppigkeit. Es war der Traum meiner Jugend und ist noch jetzt der Traum meines beginnenden Alters, diese Insel ganz für mich allein zu besitzen und in friedlicher Stille in diesem kleinen Paradiese zu hausen.

Eine weitere Merkwürdigkeit dieses Ortes bilden die unzähligen Weinbergsschnecken, die seine dichten Gebüsche bevölkern und sich ungestört vermehren, weil sie bei uns nicht gegessen werden. Das war aber einmal anders, als während des grossen Krieges eine Anzahl von französischen Kriegsgefangenen dort internirt wurde. Diese sahen kaum die unzähligen Delikatessen, die von den nordischen Barbaren verachtet, dort massenweise umherkrochen, als sie mit Jauchzen sich auf sie stürzten und sich mit Hingebung ihrer Vertilgung widmeten. Sie durchsuchten nach ihnen die dichtesten Gebüsche und es dauerte nicht lange, da waren diese friedlichen Hausbesitzer bis auf den letzten in den Mägen der schleckerhaften Fremdlinge verschwunden. Als ich zwölf Jahre später im Jahre 1882 einmal wieder dorthin kam, war von diesem grossen Morden allerdings nichts mehr zu bemerken, denn aus den vor dieser Katastrophe abgelegten Eiern waren ungezählte neue Schnecken entstanden und hatten sich nach Abzug der Franzosen wieder so vermehrt, dass ein Abgang nicht mehr zu spüren war.

Von dieser Insel hat man überall die reizendsten Ausblicke, nach Norden auf den ferne dämmernden Paulsdamm, der den Grossen See ohngefähr in der Mitte seiner Länge durchschneidet und mit seinen Chausseebäumen von hier wie eine blaue Linie mit Punkten darüber erscheint, sowie auf die Buchenhügel des Schelfwerders. Im Osten zeigt sich das hohe bewaldete Ufer von Görslow und Raben-Steinfeld, im Süden das an der Spitze des Sees gelegene freundliche Zippendorf mit schimmernden Villen und dahinter ansteigenden bewaldeten Höhen, und im Westen neben den herrlichen Anlagen des weitausgedehnten Schlossgartens das prachtvolle fünfthürmige Schloss mit goldener Kuppel und vielgegliedertem Dach, und weiterhin die giebelreiche Stadt selbst, überragt von dem stattlichen Dom und geziert mit schlanken Thürmen. Ein herrlicher Anblick, wenn an einem stillen schönen Sommerabend hinter der Stadt die Sonne untergeht und die dunklen Thürme, Giebel und Zinnen mit Glorienschein umsäumt, während diese ganze Pracht sich im glatten See wiederspiegelt. Ich genoss dieses Schauspiel einmal als junger Mann, während ich mit meiner Schwester auf dem Stege stand und auf das Dampfschiff wartete. Der Eindruck war mir unvergesslich und nicht lange hernach entstand aus diesem landschaftlichen Motive eine der ersten meiner kleinen Erzählungen

»Sonnenuntergang«, enthalten in Bd. IV meiner gesammelten Schriften.

Damals freilich, als ich noch in Schwerin das Gymnasium besuchte, bestand noch keine Dampfschiffsverbindung und man konnte die liebliche Insel nur zu Boot oder Kahn besuchen. Dafür war aber auch Alles dort damals frischer und ursprünglicher und weniger abgetreten.

Was nun Schwerin selbst betrifft, so ist es eine freundliche Garten- und Wasserreiche Stadt mit zum Theil sehr schönen öffentlichen Gebäuden, unter denen das grossherzogliche Schloss, herrlich auf einer kleinen Insel zwischen dem Burgsee und dem Grossen See gelegen, bekanntlich weltberühmt ist. Die wundervollen Anlagen des Schlossgartens erstrecken sich weithin und gehen stellenweise in wirklichen Wald über. Das am meisten besuchte Gehölz bei Schwerin aber ist der schon erwähnte, rings von Wasser umgebene hügelreiche Schelfwerder, der abwechselnd mit Eichen, Buchen, Fichten und Erlen bestanden ist und weiterhin in eine moorige Niederung übergeht, auch zuweilen von anmuthigen Waldwiesen unterbrochen wird. Auf den Wegen, die dieses anmuthige Gehölz in allen Richtungen durchschlängeln, war ich besser zu Hause als in den Irrgängen der lateinischen Grammatik.

Dass in einer also beschaffenen Umgegend sich ein reiches Vogelleben entwickelt, ist selbstverständlich und damals war das noch in viel höherem Maasse der Fall als jetzt. Das gemeine schwarze Wasserhuhn, dort Zappe und in der Mark Lieze genannt, bevölkerte in Schaaren die Seen und überall sah man die schnurrigen Haubentaucher schwimmen und tauchen. Diese beiden Vögel legten ihre Nester oft so nahe bei menschlichem Verkehr an, dass man von der hochgelegenen Promenade hineinsehen und die Eier erkennen konnte. Noch jetzt tönt mir das unablässige, knarrende Greschwätz der Rohrsänger im Ohre, die in den grossen Rohrbreiten der Seeufer zu Tausenden wohnten und im Frühling oft die ganze Nacht hindurch thätig waren; damals nistete noch in dem einsamen Ramper Moore, das sich halbinselartig in den Grossen See erstreckt, der scheue Kranich und die im nördlichen Theile des Sees gelegene kleine Insel »die Goldburg« war berühmt als Brutort für allerlei Wasservögel, Möven, Strandläufer, Enten und wilde Gänse. Das ist nun aber Alles längst dahin, denn später wurde bei dem benachbarten Orte Wickendorf eine Cementfabrik errichtet, für die auf dem Ramper Moor und auf der Goldburg nach Wiesenkalk gegraben wurde, wodurch die Ansiedlungen dieser scheuen Vögel verschwanden.

Am reichsten an Singvögeln aber war ein eingehegter und besonders gepflegter Theil des Schlossgartens, der sogenannteGrüngarten, erfüllt von prächtigen Rasenplätzen, Blumen- und Gebüschgruppen und laubigen von Wein übersponnenen Gängen. Dort war an schönen Frühlingsmorgen oder Abenden das vereinte Gesinge der Nachtigallen, Grasmücken, Rothkehlchen, Laubvögel, Buchfinken und anderer kleiner Musikanten geradezu betäubend.

Doch nicht allein die schöne Jahreszeit, sondern auch der Winter zeichnete sich durch ein reiches Vogelleben aus. Zahlreiche Schaaren von verschiedenen Meisen, untermischt mit Spechtmeisen, Baumläufern und Goldhähnchen durchzogen dann mit leisem, lockenden »Sit sit« die Umgebung und die Gärten der Stadt, der Zaunkönig liess seinen hellen Gesang erschallen trotz Winterfrost und Schnee, auf den Landstrassen liefen in Menge die Goldammern und Haubenlerchen herum und zuweilen wohl sah man auch den grossen Würger, wie er von einem Baumwipfel aus auf Raub spähte. Wurde der Winter strenger und fror der Grosse See zu, so zeigten sich im Schlossgarten an einer Stelle, wo durch einen kleinen Fall das Wasser offen blieb, die seltsamen, edelsteinglänzenden Eisvögel und betrieben ihren Fischfang, indem sie sich von einem Zweige aus kopfüber in's Wasser stürzten. Es kamen auch wohl in Schaaren aus dem hohen Norden die bunten Seidenschwänze oder die niedlichen rothköpfigen Birkenzeisige und brachten Leben in die schneebedeckten Baumzweige, von denen sie sich so anmuthig abhoben. Auf dem Grossen See aber war dann ein gewaltiges Treiben, denn auf verschiedenen Untiefen, deren Wasser sie durch Schwimmen offen hielten, fanden sich ungezählte Schaaren von nordischen Enten ein, Schellenten, Bergenten, Reiherenten und andere, die sich, wenn man ihnen auf dem Eise zu nahe kam mit donnerndem Fluge in ganzen Wolken erhoben, um eine andere offene Stelle aufzusuchen. Zugleich aber erschien dann auch der mächtige weissschwänzige Seeadler, der zwei und ein viertel Meter klaftert, und holte sich von Zeit zu Zeit einen Braten aus der auseinander stäubenden Schaar.

In diesem papiernen Zeitalter hat nun wohl fast jeder Knabe ohne Ausnahme eine Briefmarkensammlung oder hat doch einmal eine gehabt, das Sammeln von Naturgegenständen ist aber gegen früher sehr in Rückstand gekommen. Damals gab es jenen öden Sport noch nicht und die Knaben sammelten viel häufiger als jetzt Vogeleier, Schmetterlinge, Käfer, Muscheln, Pflanzen, Steine und dergleichen. Das Eiersammeln will ich in dieser Zeit, wo die Vogelwelt bei uns von Jahr zu Jahr mehr abnimmt, nicht befürworten, es ist ja auch, Gott sei Dank, verboten, doch muss ich bekennen, dass es für mich die Brücke gebildet hat zu einer etwas intimeren Kenntniss der Natur als sie gewöhnlich ist, so dass ich mir im Laufe der Zeit durch unausgesetzte Beobachtung und fleissiges Nachlesen im Naumann und anderen Büchern eine gewisse Kenntniss der einheimischen Vogelwelt erworben habe, besonders der Insektenfresser, die von jeher meine Lieblinge waren. Da ich auch hier, wie in fast allen Dingen, die ich in meinem Leben gelernt habe, auf mich allein angewiesen war, so hat es oft viele Jahre gedauert bis es mir gelang nach Lockruf, Gesang oder Aussehen die Art eines Vogels zu bestimmen, dann aber sass es auch fest.

Ich habe als Knabe wohl viel und gern Vogelnester gesucht, ein Nesträuber aber bin ich nie gewesen und die Eier meiner kleinen Sammlung verschaffte ich mir meist durch Tausch oder Kauf oder erhielt sie geschenkt; diese Neigung hat auch nicht lange angehalten und machte bald dem Sammeln von Schmetterlingen Platz. Dazu wurde ich, wie ich denke, angeregt durch meinen Mitschüler Adolf von Buchwald, einen stillen sinnigen Knaben, der in der Schule neben mir sass, was nach dem Voraufgegangenen seine Qualität als Schüler genügend kennzeichnet. Aber zwischen den Schmetterlingen wusste er Bescheid und hatte trotz seines jugendlichen Alters wohl eine der besten Sammlungen im Lande. Er kannte alle Flugstellen und Fundorte in weitem Umkreis und tauschte sich für einige unscheinbare aber anderswo sehr seltene Schmetterlingsarten, die er massenhaft fing oder aus den Puppen zog, aus ganz Deutschland Seltenheiten ein. Er nahm mich einst mit auf einen seiner Ausflüge, und da imponirte es meiner jugendlichen Unerfahrenheit sehr, wie planvoll und zielsicher er vorging und mit welcher Genauigkeit er voraussagte: dort werden wir das und dort das finden. Ich bekam zum ersten Male einen Begriff davon, wie ein wirklicher Kenner vorgeht, während es bei mir, wenn ich auszog, eine Glückssache war und ich nehmen musste, was der Zufall vor mein Netz führte. Dieser gute stille Mensch ist nun auch schon lange nicht mehr. Er wurdeLandwirth und ging dann später nach dem Westen von Südamerika. Dort ist er bei Gelegenheit eines Aufstandes erschlagen worden.

Obwohl ich nun längere Zeit mit Eifer mich den Schmetterlingen widmete, so habe ich es doch zu keiner nennenswerthen Sammlung gebracht, wie ich denn überhaupt zum Sammler nicht geboren bin. Noch heute, wo ich seit längerer Zeit meine Neigung dem Aufspeichern von Büchern zugewendet habe, allerdings auch wieder, ohne darin etwas Besonderes zu leisten, bringe ich es über mich, eine oder die andere besondere Seltenheit, die mir durch Zufall in die Hände fällt, zu verschenken und freue mich dann, dass ich das kann, und dass der Sammelteufel mich noch nicht in seinen Klauen hat.

So zersplitterte sich denn auch schliesslich meine kleine Sammlung durch Vertauschen und Verschenken, die buntesten Schmetterlinge aber steckte ich in eine Spahnschachtel zusammen und verkaufte sie an Herrn Jakobsohn für 10 Schillinge (62 ½ Pfennige), was ich für einen sehr stattlichen Preis hielt. Herr Jakobsohn war ein kleiner merkwürdiger Mann mit einem Vogelgesicht, über das sich die höchst seltsam gebaute mächtige Kuppel eines wie Elfenbein glänzenden, fast haarlosen Schädels wölbte. Die Erscheinung war so seltsam, dass sich die Sage gebildet hatte, er habe seinen Kopf, natürlich erst nach dem Tode lieferbar, für hundert Thaler an die Berliner Anatomie verkauft. Er war, wenn ich nicht irre, aus Berlin in unsere Stadt gekommen, um hier als Maler und Zeichenlehrer sein Brod zu essen. Da er nun aber wegen einer älteren wohlangesehenen Konkurrenz wenig Schüler erhielt und auch mit seinen Bildern, obwohl er nicht ohne Talent war, nicht viel verdiente, so hatte er ausserdem einen kleinen Laden eingerichtet, wo er mit Zeichenmaterialien und Naturalien handelte. Wie er auf Naturalien, wovon er garnichts verstand, verfallen war, weiss ich nicht, jedenfalls war der Laden, wo allerlei ausgestopfte Vögel und andere Thiere, Schmetterlinge, Käfer, Vogeleier, glänzende Mineralien und farbige Muscheln zu sehen waren, für mich immer sehr interessant. Er ging bei seinen Ein- und Verkäufen meist nach dem Aussehen und es passirte ihm, dass er für ein recht buntes Ei eines ganz gemeinen Vogels mehr gab oder forderte, als für ein weisses von einem sehr seltenen. Auch liebte er hochtrabende Namen. Ein Freund von mir, der Geschick zum Ausstopfen hatte, verkaufte ihm einmal eine einheimische ausgestopfte Spitzmaus, die bald darauf zu sehen war mit der stolzen Bezeichnung: »Spitzmaus von der Wolga«. Ein jugendlicher Betrüger hatte darauf bauend ihm eine in Spiritus eingemachte Ringelnatter mit der Etiquette »Boa israelitica« angeschmiert und unter dieser Bezeichnung stand sie in ihrem Glashafen lange in dem Laden und gehörte zu den unverkäuflichen Gegenständen. Herr Jakobsohn malte damals Stillleben und hatte auf einer Ausstellung ein solches Bild, das in der Hauptsache aus ziemlich viel schmieriger Wurst bestand. Der König von Preussen besuchte damals zufällig Schwerin, sah dies Bild und sollte eine missbilligende Bemerkung über die Unappetitlichkeit dieses Frühstücks gemacht haben. Das sprach sich herum und kränkte Herrn Jakobsohn tief. Er machte eine Eingabe, setzte alle Hebel in Bewegung, und erreichte es, dass der König zur Herstellung gekränkter Künstlerehre bei ihm ein Stillleben bestellte und zwar ein Karlsbader Frühstück, das sehr reinlich nur aus Weissbrod und Kaffee besteht. Er liess sich nun als Modell Karlsbader Stangen-Gebäck und dergleichen kommen und malte dazu schönes Porzellangeschirr auf einem Präsentirbrett mit grossem Eifer. Als er fertig war, stellte er das Bild aus in seiner Wohnung und forderte in der Zeitung Jedermann auf, das vom König von Preussen bei ihm bestellte Stillleben zu besichtigen. Ich ging auch hin und fand das Bild sehr sauber und schön. Dies ist, wie ich glaube, meine erste Berührung mit der Kunst.

Erst später hat Herr Jakobsohn seinen eigentlichen Beruf entdeckt, als er darauf kam einen Klosterhof mit Schnee zu malen, der gefiel und bald verkauft wurde. Er hat dann immerfort Klosterhöfe mit Schnee gemalt, immer dasselbe mit kleinen Variationen, rothes Gemäuer, weissen Schnee und violette Luft. Als ich viel später nach Berlin kam, sind mir von ihm in mehreren Ausstellungen hintereinander noch solche Bilder begegnet.

Von den Schmetterlingen, den leichten und luftigen Wesen verfiel ich, wohl nach dem Gesetz des Kontrastes auf die Steine, durch welche Anregung weiss ich nicht mehr.

Obwohl nun in Mecklenburg anstehendes Gebirge kaum vorhanden ist mit Ausnahme des Gypses bei Lübtheen, des Pläners bei

Dietrichshagen an der Ostsee und der Kreide an verschiedenen Orten, sowie des berühmten Sternberger Kuchens, der aber, obwohl einheimisch, nicht mehr an seiner ursprünglichen Lagerstätte gefunden wird, so ist das Land doch ungemein steinreich durch die riesigen Massen der nordischen Gerölle, Geschiebe und Findlingsblöcke, die an manchen Orten so mächtig und häufig sind, dass sie der Gegend einen Gebirgscharakter verleihen. Obwohl nun seit Menschengedenken daraus Kirchen, Scheunen, Häuser, Strassen und Chausseen gebaut worden sind, so ist in den reicher bedachten Gegenden doch noch kaum eine Abnahme zu spüren, alle Gärten und Felder sind dort mit zum Theil uralten Steinmauern eingezäunt, viele frühere Wasserlöcher sind mit den vom Felde beseitigten bis zum Rande angefüllt und an wüsten Plätzen liegen sie zu mächtigen Haufen gestapelt. Auch Versteinerungen werden im Lande in Menge gefunden. Ich betrieb auch diese Sache natürlich in knabenhafter Weise und glaubte oft Schätze zu besitzen, wo ich nur Werthloses eingesammelt hatte. Insbesondere als ich erfuhr, dass man in Gneiss und Granit oft Granaten eingesprengt findet, begann ich alle Chausseesteinhaufen nach solchen Steinen zu durchsuchen, die ich für sehr werthvoll hielt, obwohl diese dunkel rothbraune undurchsichtige Sorte von Granaten garnicht geschätzt wird. An einer Stelle, wo man Steine gesprengt hatte, fand ich auch eine Menge von Gneissstücken, die von Granaten roth punktirt oder zuweilen mit ausgebildeten kleinen Kristallen besetzt waren. Ich schleppte Alles nach Hause obwohl ich mehrmals desswegen gehen musste. Später entdeckte ich bei einem meiner Onkel auf dem Lande, dass in dem Fundamente seines neuen Schweinehauses eine grosse Anzahl von Granitblöcken vermauert waren, die sich ganz gespickt zeigten mit Granaten bis zur Kartoffelgrösse. Mir erschienen diessehr pomphafte Untermauerungen für ein Bauwerk, das so niederen Zwecken diente, und wie oft habe ich davor gestanden, nachgrübelnd, wie ich wohl an diese Schätze gelangen könnte. Der grosse Garten desselben Landgutes war von einer Feldsteinmauer eingefasst und dort fand ich damals ein wohl acht Pfund schweres Stück Granit, das ziemlich grosse Bergkristalle enthielt. Das war natürlich eine grosse Kostbarkeit für mich und ich schleppte den Stein über vier Meilen weit im Tornister nach Hause, obwohl mir seine scharfe Kante den Rücken wund rieb. Diese Leidenschaft ging aber schliesslich vorüber wie alle anderen und die Steine wurden später gegen Muscheln allmählich umgetauscht. Jedoch kann ich noch heute nicht an einem

Haufen geklopfter Chausseesteine vorübergehen, ohne ihn prüfend zu mustern. Der Zusammenhang mit dem Landleben wurde in dieser ganzen Zeit nicht unterbrochen. Meine Grossmutter hatte, als sie von Pogress fortzog, das ziemlich grosse und sehr fruchtbare Gut Bredentin bei Güstrow gepachtet und dorthin zog die ganze Familie in den Hundstagsferien. Der älteste Sohn meiner Grossmutter, Adolf Römer, ein Junggeselle, bewirthschaftete das Gut und ausserdem lebte dort Tante Luise, die jüngste Schwester meiner Mutter. Mein Onkel war ein grosser und sehr starker Mann von strenger und harter Gemüthsart und unterschied sich dadurch und durch sein Aussehen von seinen anderen drei Brüdern, mit deren keinem er eine Aehnlichkeit besass. Er sah aus, wie er hiess, nämlich wie ein alter Römer. Sein mächtig gewölbter Schädel war ganz blank und nur von einem schmalen Kranze heller Haare umgeben. In dem glatt rasirten Gesichte standen über einer stark gebogenen Nase zwei hellgraue scharfe Augen und der festgeschlossene, einem Spalte gleichende Mund öffnete sich gern zu tadelnden, spöttischen oder ironischen Bemerkungen. Abgesehen von der Fülle seines Leibes war Alles scharf an ihm. Das mochte wohl seinen Grund mit in einer harten Jugenderziehung gehabt haben. Er war bei einem sehr strengen Prediger in Pension gewesen, wo die einzige Erholung von der Schule in angestrengter Gartenarbeit bestanden hatte, und zur Ermunterung der Stock nicht geschont worden war. Kein Wunder, dass mein zum Träumen und Nichtsthun geneigtes Wesen ihm aufs Aeusserste missfiel, und ich ihm ebenfalls sorgfältig aus dem Wege ging. Er war ein sehr schneidiger Mann, stand unglaublich früh auf und war den ganzen Tag in seiner grossen Wirthschaft thätig. Da er sich oft lange Zeit, wegen der hohen Ansprüche, die er machte und die nicht jeder zu erfüllen die Fähigkeit oder Neigung hatte, ohne Inspektor oder Lehrlinge behalf, so kann ein Kenner landwirthschaftlicher Verhältnisse sich schon vorstellen, was er auf einem Gute von nahezu 2000 Morgen schweren Bodens zu thun hatte. In schroffem Gegensatz zu seinem ganzen Wesen stand eine kleine Schwäche für Süssigkeiten und Kuchen, von denen er grosse Mengen verzehrte. Als er später einmal die Pariser Weltausstellung besucht hatte, brachte er viele Pfunde Praliées mit, von denen er noch lange zehrte.

Charakteristisch für ihn war folgender Zug: Wenn mein Bruder Werner und ich einmal mit ihm ausfuhren und einem von uns wurde der Hut abgeweht, so fiel es ihm garnicht ein darum anzuhalten.

Konnte man mit dem glücklich wieder erlangten Hute den Wagen in schnellstem Laufe noch wieder erreichen, war es gut, sonst musste man einfach wieder nach Hause gehen.

Er war nicht ohne geistige Interessen, hielt den Kladderadatsch und die Illustrierte Zeitung und hatte für einen Landmann eine ganz stattliche Bibliothek, unter deren Büchern sich auch manche belletristische Werke, wie die von Dickens befanden. Da aber dieser Theil seiner Bibliothek sich in einem verschlossenen Schranke befand, so konnte ich keinen Nutzen daraus ziehen, denn ihn darum zu bitten wagte ich nicht. Aber es gab dort noch manches andere zu lesen und mein erster Gang war gewöhnlich, wenn ich vor allen Dingen den Garten und den Stand der Stachelbeeren und Sommerscheiben besichtigt hatte, zu einer Kleiderkammer, wo auf einem Sims eine Menge Jahrgänge des Pfennig-Magazins, des Stammvaters aller unserer illustrierten Zeitschriften, lagen. Besonders anziehend für mich waren darin die Holzschnitt-Nachbildungen Hogarthscher Kupferstiche wie: »die Biergasse und das Brantweingässchen«, »die Wahl«, »die Punschgesellschaft«, »der Dichter in der Noth« und andere. Stundenlang konnte ich sitzen und diese Bilder betrachten, bis ich alle ihre vielen Einzelheiten fast auswendig wusste. Auf einer Bodenkammer, wo es nach Flachs und Backobst roch, und zu der wir aus dem zuletzt genannten Grunde unsere Grossmutter sehr gern begleiteten, fanden sich eine Reihe von Kinderbüchern aus alter Zeit, die aber für mich, der sonst alles mögliche Gedruckte verschlang, fast alle ungeniessbar waren. Insonderheit »Gumal und Lina« von Lossius, ein dreibändiger Roman für Kinder, der zur Zeit unserer Grossmütter ganz aussergewöhnlich verbreitet war, widerstand allen meinen Angriffen, und ich habe dies einst berühmte Buch, obwohl ich die siebente Auflage von 1827 besitze, noch immer nicht gelesen. Da hielt ich mich lieber an das kleine Bücherbrett meiner Tante, auf dem ich eine damals viel verbreitete Anthologie aus deutschen Klassikern fand, sowie als bestes für mich eine sehr gute Ausgabe von Andersens Werken, soweit sie damals erschienen waren. Diese wurden nun jedes Jahr einmal durchgelesen. Doch das Lesen war an diesem Orte nicht die Hauptsache. Da war erstens der grosse Garten mit seinem selbst für uns sehr leistungsfähigen Kinder unerschöpflichen Schätzen an Stachelbeeren. Die Sommerscheiben wurden gerade um diese Zeit reif und blieben, da diese Aepfel nicht sehr geschätzt wurden, ganz uns überlassen, die wir sie zu würdigen wussten. Da war der flache Hofteich, auf dem wir uns in einem grossen Wassertroge spazieren fuhren, da war die Meierei oder das Milchenhaus, wie man in Mecklenburg sagt, mit der Buttermaschine und dem kühlen saubergescheuerten Keller, in dem unzählige Milchsatten standen, denn die Milch von gegen hundert Kühen wurde dort täglich zu Butter und mächtigen Lederkäsen verarbeitet, da war auf dem Dache des Milchenhauses eine weitere Merkwürdigkeit, das Wahrzeichen von Bredentin, eine Windmühle mit fünf Flügeln, dergleichen ich nie in meinem Leben anderswo gesehen habe. Eine fernere Eigenthümlichkeit an ihr war, dass sieungemein viel Wind brauchte, um in Gang zu kommen und desshalb nur in stürmischen Zeiten zum Schrotmahlen benutzt werden konnte. Auf diesem Gute waren noch einige andere sozusagen prähistorische Maschinen, wie man sie jetzt wohl so primitiv nirgend mehr in Deutschland sieht. Am meisten Eindruck machte mir die Pumpe am Viehhause, die durch einen zweipferdigen Göpel getrieben wurde und die Kühe mit Wasser versorgte. Das plumpe Bauwerk mit einem Gestänge aus Holz und Eisen trug oben ein kugelförmiges Gegengewicht, womit es wie ein alter Riese mit dem Kopfe nickte und dazu ein schauriges Quietschen und dumpfes Stöhnen vollführte. Sie kam mir vor wie ein dämonisches Wesen, das einem starken Zauber gehorchend, widerwillig niedere Dienste thut. Diese Pumpe stand im sogenannten Hellergarten, der von einem riesigen mit Dornen gekrönten Reisigzaun umgeben, uns aber für gewöhnlich nicht zugänglich war. Denn dort zog mein Onkel an den langen Südostwänden des Viehhauses und einer anderen grossen Scheune Wein, Spalierkirschen, Aprikosen und Pfirsiche. Besonders diese gediehen dort köstlich und in Menge, waren jedoch ein Obst, das zwar mein Onkel ausserordentlich schätzte, dessen er aber uns nicht für würdig hielt. In dem Viehhause, bei den Schweinen, in den geräumigen Pferdeställen trieben wir uns natürlich gern herum. Ueberall nisteten hier in Menge die zierlichen Rauchschwalben auf Balken und Vorsprüngen, erfüllten die Bäume mit Zwitschern und krausem Gesang und schossen durch Fenster und Thüren fleissig aus und ein.

Mindestens einmal in der Ferienzeit kam es vor, dass der Onkel mit einigen Leuten zum Fischen ausfuhr, denn nach seinem Prinzip, Alles auszunutzen, was sich ausnutzen liess, hatte er die vielen Teiche, oder sogenannten Sölle, die sich auf dem Felde fanden, mit

Karauschen, Schleihen und anderen Fischen besetzt. Am reichlichsten gediehen die Karauschen in dem Hofteiche, der viel Nahrung hatte. Sie hatten sich dort so vermehrt, dass ein Zug mit der Wade in dem kleinen Teiche mehrere gefüllte Eimer ergab. Da sie wegen der zu grossen Menge nur klein blieben, so wurden öfters einige Eimer voll mitgenommen, um andere Teiche damit zu besetzen. Mein Bruder und ich nahmen an solchen Fahrten natürlich mit Wonne Theil und halfen beim Ziehen des Netzes. Kamen wir dabei bis an den Bauch in's Wasser und gingen nachher unbekümmert mit »qwutschenden« Stiefeln herum und liessen uns das Zeug auf dem Leibe wieder trocknen, so waren wir der Anerkennung des Onkels gewiss. Einmal hatte er es als eine Unmännlichkeit hingestellt, wenn Jungens überhaupt Strümpfe trügen. Das liess ich mir nicht zweimal gesagt sein und erst gegen Weihnachten, als wir schon zum Schlittschuhlaufen gingen, kam es heraus, dass ich von den Hundstagsferien ab strumpflos in meinen Stiefeln gesteckt hatte.

Bredentin lag in keiner schönen Gegend und Wald sah man an einigen Stellen nur fern am Horizont dämmern. Nur bei dem benachbarten Gute Karow war ein kleines Gehölz und einer jener allmählich zuwachsenden Seen, der reich an Wassergeflügel sein sollte, aber dahin kamen wir nicht, weil mein Onkel dorthin keinen Verkehr hatte. Und doch war die Gegend nicht ohne Reiz, besonders an den üppigen Wiesenthälern, wo sich lange Reihen von alten Kopfweiden hinzogen und mein Onkel an passenden Stellen kleine aber dichte Gehölze von Weiden und anderen Bäumen angepflanzt hatte. Besonders war es ein Teich in der Nähe des Hofes, wo ich mich gern aufhielt. Ein fast undurchdringliches Weidendickicht umgab ihn zur Hälfte, Schilf und Rohrbomben säumten sein Ufer und ein kleines, im Sommer nur spärlich fliessendes Wässerchen durchströmte ihn. Dort war ein Paradies der grünen Wasserfrösche, die in mächtigem Bogen in den schwarzen Teich plumpten, wenn ich mich näherte. Diese Frösche wurden von einem Könige beherrscht, der an einer stark versumpften Stelle des Teiches seine Residenz hatte. Vielleicht war es auch nur ihr Kantor, dessen tiefem Bass man aus ihren abendlichen Gesängen immer deutlich heraushören konnte, allein ich hielt ihn für den König, denn ein solches majestätisches Thier hatte ich vorher nie erblickt, habe auch nachher nie seines Gleichen gesehen. Er war mindestens doppelt so gross wie die grössten seiner Unterthanen, sah vornehm und weise aus und hatte in seinem Benehmen eine Würde, die sich zu seinem Range wohl schickte. Ich war natürlich von dem brennenden Wunsche beseelt, ihn zu besitzen und da ich gehört hatte, man könnte Frösche angeln, so machte ich mir eine Angel, deren Haken aus einer umgebogenen Stecknadel bestand und mit einem rothen Läppchen geködert war. Als ich diese Vorrichtung dem Froschkönig vor der Nase tanzen liess, erregte sie die allerhöchste Aufmerksamkeit und Sr. Majestät geruhten gnädigst darnach zu schnappen. Ich lüftete ihn auch wirklich an der Angel etwa einen Fuss hoch, dann fiel er wieder ab und sah sehr beleidigt und verwundert aus, wie Jemand, den man in seinen innersten Gefühlen gekränkt hat. Noch einmal bewegte ich ihn zum Zuschnappen, aber wiederum vergeblich. Dann war es aus mit seinem Vertrauen und als ich nun wieder das rothe Läppchen verlockend um seine Nase tanzen liess, drehte er sich mit einer Geberde erhabener Verachtung herum und zeigte mir sein stattliches Hintertheil. Ich habe diesen Frosch viele Jahre lang gekannt und seitdem immer die Verpflichtung gefühlt ihn als das wunderbarste Geschöpf seiner Art, das mir vorgekommen ist, der Nachwelt zu überliefern. Dies ist hiermit geschehen. Eine andere Anziehung für uns bildete der sogenannte »grosse Graben«, einer jener ungemein breiten und tiefen Entwässerungskanäle aus den Zeiten, da man die Drainage noch nicht kannte und mit grosser Landverschwendung diese mächtigen Gräben zog. Denn obwohl die eigentliche Wasserrinne die gewöhnliche Breite nicht überschritt, so lag sie doch so tief, dass wegen der schrägen Böschungen seiner Wände, der Graben an manchen Stellen zwanzig bis dreissig Fuss breit war. Im Sommer war er fast ganz wasserlos und dann ein wahres Füllhorn der mannigfachsten Blumen. Sass man in ihm, so war man ganz aus der Welt, rings nur nickten tausende von Blumen und spielten unzählige Schmetterlinge. Libellen schössen in reissendem Fluge darüber hin und standen dann plötzlich wieder wie angenagelt in der Luft; man hörte in der Stille das Schwirren ihrer Flügel. Von oben schaute das reifende Korn hinein, wogte im sanften Winde und wisperte seinen Sommergesang; fern schlugen die Wachteln, die Grillen zirpten und Gold- und Grauammern zwirnten ihr eintöniges Lied. Dort habe ich manchen Kindertraum geträumt.

An einer einsamen Stelle, wo dieser Graben eine sanfte Anhöhe durchschnitt und zwei Wiesen mit einander verband, hatte mein

Onkel die hohen schrägen Ufer mit Weiden und Pappeln bepflanzen lassen. Dort stand auch im hohen Sommer auf der Sohle immer Wasser und hier fand in späterer Zeit mein jüngerer Bruder Hermann, der ein fanatischer Vogelfreund von seiner frühesten Kindheit an war, das unzweifelhafte Nest einer Beutelmeise. Es war über dem Wasser an einem Weidenzweige frei aufgehängt und der länglichrunde Beutel hatte in der oberen Hälfte seitlich einen kurzen röhrenförmigen Eingang. Mein Bruder hat das Nest noch lange gehabt und ich habe es selbst öfter bei ihm gesehen. Leider hatten er sowohl wie ich damals nicht die volle Einsicht von der grossen Bedeutung dieses Fundes und wir versäumten ihn zu veröffentlichen oder das Nest einem anerkannten Ornithologen vorzulegen. Später ist es verloren gegangen und mit ihm der einzige Beweis für das Vorkommen der Beutelmeise in Mecklenburg. Ein sogenanntes Unikum ist wieder einmal spurlos verschwunden und obwohl für meinen Bruder und mich kein Zweifel besteht, dass wir damals ein wirkliches Nest der Beutelmeise vor uns hatten, so können wir den Beweis dafür doch nicht mehr führen.

Noch lieber als nach Bredentin reisten wir beiden ältesten Brüder Werner und ich zu einem jüngeren Sohne meiner Grossmutter, Wilhelm Römer, der das Gut Kneese bei Gadebusch gepachtet hatte, und das Schweinehaus mit den kostbaren Granaten-Fundamenten besass. Dieser war ganz das Gegentheil von Onkel Adolph und besonders in seinen jungen Jahren war: »Leben und leben lassen!« seine Devise. Wir besuchten ihn meist in den Michaelisferien und machten den vier Meilen langen Weg gewöhnlich zu Fusse mit dem Ränzel auf dem Rücken. Wenn wir dann auf den Hof kamen und der alte Kettenhund am Viehhause durch wüthendes Gebell und einen wahnsinnigen Kriegstanz an seiner Kette, so wie die beiden Teckel durch heftiges Kläffen uns angekündigt hatten, da sehe ich noch immer meinen riesigen, über sechs Fuss hohen und dreihundert Pfund schweren Onkel vor mir, wie er angethan mit einem kurzen sogenannten Stepprocke und auf dem Kopfe einen alten in's Gelbe verschossenen Jägerhut die Treppe der Veranda herab kommt und uns entgegen wandelt. Wie er dann uns mit einem: »Gun Dag Jungs!« begrüsst und sich nach seiner Gewohnheit mächtig die Hände reibt. Das Händereiben war überhaupt ein Römerscher Gebrauch und ist durch Erbschaft auch auf mich und meine Geschwister übergegangen. Am stärksten darin war aber dieser Onkel Wilhelm.

Wenn eine Sache ihn recht erfreute und bewegte, so setzte er sich sogar manchmal dazu in einen kurzen Trab und konnte also händereibend über seinen halben Hof laufen.

Dann begrüssten wir unsere Tante Emma, die so klein wie mein Onkel gross war und wenn sie zusammen gingen auf einen Schritt ihres Mannes immer zwei machte. In der Nachbarschaft führte das Ehepaar desshalb den passenden Namen: »Maus und Löwe.«

»So, nu kommt man rein!« sagte mein Onkel dann, das Vesperbrot steht schon da.« Wenn wir dann an dem mit guten Sachen reich besetztem Tische sassen, pflegte er wohl zu sagen, wenn meine Tante das Rauchfleisch oder den kalten Braten vornahm: »Snied ehr 'n ollig Stück af Emma, nich so 'n Finzel!« und wenn wir nach der langen Wanderschaft es uns tüchtig schmecken liessen, rieb er sich die Hände vor Vergnügen. Das war ein anderer Empfang als in Bredentin, wo OnkelAdolf uns mit einem Inquisitorblick und einer sarkastischen Bemerkung begrüsste und, wenn es mal was besonders Gutes bei Tisch gab, uns mit der Bemerkung zum Zugreifen aufmunterte: das sei eigentlich viel zu schade für uns.

Kneese hatte für uns Knaben den ungeheuren Vorzug, dass wir dort Alles »durften«, sogar auf die Jagd gehen. Ich habe dort manchen Abend auf dem Anstand gesessen, während die Dämmerung sich niedersenkte, allerdings meist ohne jeden Erfolg, denn ich hatte keinen Anlauf und die noch dazu in der Gegend nicht gerade häufigen Hasen kamen stets an einer anderen Stelle heraus, als wo ich mich befand, und verhöhnten mich aus der Ferne durch fröhliches Männchenmachen. Freilich Rehe gab es dort genug, aber die durfte ich nicht schiessen, da mein Onkel zur höheren Jagd die Berechtigung nicht hatte. Die Rehe, die dort aus grossherzoglichem Revier austraten, wo sie sehr geschont wurden, waren unglaublich frech. Einer meiner Vettern, der bei meinem Onkel die Wirthschaft lernte, erzählte allen Ernstes, eines Abends habe ihm so ein unverschämter Rehbock in die Flinte hineingerochen. Da ihm der Pulvergeruch nun wohl nicht sympathisch gewesen wäre, so habe er lange vor ihm gestanden und immerfort geschreckt, als wolle er ihn ausschelten. »Ich konnt' das Beest garnicht wieder loswerden!« schloss er diese merkwürdige Geschichte. Mein Bruder Werner hatte mehr Glück und kam öfter einmal bei beginnender Dunkelheit auf den Hof, einen stattlichen Hasen mit grossem Stolze an den Löffeln tragend. Doch schoss ich auch nichts, so war es doch schön für mich an den stillen Abenden am Waldrande zu sitzen, vor mir die grüne Wiese hier und da durch ein röthliches äsendes Reh belebt. Man sah doch immer etwas, z. B. einen Fuchs, der gegen den hellen Himmel wie ein Schattenbild mit niederhängender Lunte über einen benachbarten Hügel schlich, oder man lauschte auf die vielfachen geheimnissvollen Stimmen des Waldes. Nun wurde ein leises Knistern und Rascheln des Laubes wie von vorsichtigen Schritten hinter mir vernehmlich und da plötzlich stand seitlich von mir ein Rehbock am Rand der Wiese. Er sicherte eine Weile, zog dann ruhig weiter und senkte den Kopf zum Aesen nieder. Welch prächtiges Gehörn er hatte! Ich zirkelte mit den Augen, die Stelle des Blattes aus, wo er getroffen werden musste. Der war mein, wenn ich nur gedurft hätte, das war aber leider etwas von dem Wenigen, was ich nicht »durfte.« Einmal, als ich schon im Sommer in Kneese war, sass ich am Rande eines üppig mit Hopfen berankten Erlenbruches versteckt und hatte das Glück eine Ricke mit zwei Kitzchen zu betrachten, die dicht vor mir in dem hohen Wiesengrase äste. Die kleinen zierlichen Thierchen spielten um sie herum und kamen mir so nahe, dass ich sie mit der Flinte hatte berühren können. Ich sass still wie eine Mauer, um die reizende Gesellschaft nicht zu verscheuchen, doch da die Mücken und die abscheulichen Blindfliegen sehr an mir thätig waren und mich von allen Seiten fleissig anzapften, so musste ich doch wohl einmal eine Bewegung gemacht haben, denn plötzlich fasste die Alte, die bis dahin ruhig geäst hatte, mich in's Auge. Nach Art der Rehe, wenn sie etwas Auffälliges oder Verdächtiges bemerken, tauchte sie einige Male stossweise mit dem Kopfe auf und nieder, dann stampfte sie mit dem Vorderlaufe auf, ein zirpendes Warnungspfeifen, und die ganze zierliche Gesellschaft stürmte durch das hohe Gras davon.

In dieser Gegend war viel Buchenwaldung und nicht weit von Kneese lag der schöne vielzipflige Schalsee mit seinen bewaldeten buchtenreichen Ufern. Dort gab es eine Stelle, wo ein bei stiller Luft abgefeuerter Schuss dreizehnmal erkennbar zurückgeworfen wurde und dann noch als anhaltender Donner an fernen Waldvorsprüngen verhallte. Dort streiften wir ebenfalls umher mit dem etwa gleichaltrigen Sohne des Försters und versuchten die wilden Tauben auf ihren Standbäumen zu beschleichen oder schossen auf einer sumpfigen Wiese nach den schreienden und im Winde sich schwenkenden Kiebitzen.

Schön war es auch, mit dem Jäger des Försters die Dohnensteige zu begehen und ihm zu helfen beim Auslösen der gefangenen Krammetsvögel, die wie kleine arme Sünder am Galgen in den dreieckigen Dohnen hingen. Im herbstlichen Walde war es so still, nur zuweilen schnickte ein Rothkehlchen oder eine Schaar Meisen zog mit leisem: »Sit, sit!« vorüber. Ueberall aus dem feuchten Waldboden thaten sich die Pilze hervor, hier leuchteten wie Scharlach die Fliegenschwämme, dort standen in Schaaren die Elfenbeinpilze glänzend wie weisses Porzellan und von alten Baumstumpfen schimmerte der Schwefelkopf in Menge zu gelben Klumpen geballt. Bald ging es durch gemischten jungen Laubwald, den der Herbst mit allen seinen Farben geziert hatte, bald durch finstre Fichten-Stangenschonung, wo es dunkel und still war und man lautlos auf der weichen Nadeldecke einherschritt. Dort flog mir einmal eine aufgeschreckte grosse Eule, die in dem engen Gange den Ausweg nicht finden konnte fast an den Kopf. Wie angenehm aufregend war das Voraus spähen nach den gefangenen Vögeln, wenn ein neuer langer Gang sich öffnete, den man weithin übersehen konnte. Freilich zuweilen hing auch nur ein Kopf mit blutigem Hälschen in der Schlinge, da ein vorüber schnürender Fuchs in kühnem Sprunge sich den leckren Bissen abgepflückt hatte, was natürlich den Jäger jedesmal zu einem herzhaften Fluch auf den rothen Räuber veranlasste, zuweilen aber auch baumelte dort trübselig ein zierliches Rothkehlchen, deren sich leider alljährlich nicht wenige in den für die Drosseln bestimmten Schlingen zu fangen pflegen. Doch, wer in seiner Kindheit mit Jägern und Landleuten umgeht, der wird nicht zur Sentimentalität erzogen und so dachte ich mir dabei weiter nichts, als, das wäre nun einmal so.

Der Art waren die mannigfachen Vergnügungen, die uns Kneese bot und da zu dem Allen noch ein ausgedehnter Obstgarten kam, der seine herbstlichen Schätze für uns aufthat, und auch, wie der unsterbliche Karl Butterregel in Immermann's Münchhausen sagt für »fernerweitige gute Verköstigung« gesorgt war, so kann man sich denken, dass wir mit diesem Ferienaufenthalte wohl zufrieden waren.

Um so weniger wollte nach solcher Freiheit natürlich der Schulzwang schmecken. Doch wusste ich mir auch dort allerlei Erheiterung zu verschaffen und vertrieb mir die Zeit durch vergnügliche Allotria. In Quarta und Tertia schrieb ich sozusagenden Kladderadatsch der

Klasse und alles, was nur in der Schule oder im Unterricht vorkam, ward auf der Stelle illustrirt oder in Versen und Prosa parodirt und karrikirt. In diesen Jahren hatte ich vorzugsweise Sinn für das Komische und Burleske. Alte Jahrgänge der »Fliegenden Blätter«, »Düsseldorfer Monatshefte« oder »Kladderadatsch-Kalender« wurden mit Eifer immer von Neuem durchstudirt und wie mir das burleske Gedicht Lichtenbergs über die Belagerung von Gibraltar gefiel, habe ich vorhin schon erwähnt. Besonders lustig schien mir die Stelle, wo von der Erschütterung der umliegenden Provinz durch den Kanonendonner bei Gibraltar die Rede ist, so dass dadurch die merkwürdigsten Zustände eintraten:

»Die Pendeluhr'n zu Malaga
Die wollten nicht mehr gehen.
Und in ganz Andalusia
Wollt keine Mausfall' stehen.
Die Schornstein selbst seh'n rund herum
Sich schon nach Menschenköpfen um,
Um sich darauf zu stürzen.«

Oder wie die Schiesslöcher der schwimmenden Batterien mit den Kanonen darin geschildert werden:

»An jeder Vorderseite sass
Ein Schiessloch an dem andern;
In jedem Schiessloch noch ein Loch,
Das war fürwahr! fast grösser noch,
Als erstgedachtes Schiessloch.«

Ueber solche Spässe konnten unsere Urgrossväter lachen, dass ihnen die Zöpfe wackelten. Und ich muss sagen, sie sind mir immer noch viel lieber als die fade Wortwitzelei, die heutzutage von manchen für Humor ausgegeben wird. In der Bibliothek meines Vaters fand ich Karl Malsz, »Volkstheater in Frankfurter Mundart«, ein Buch, das ich immer wieder las, und da ich mich in diesen Blättern der Wahrheit befleissigen will, muss ich sagen, dass die damals weitverbreiteten »Musenklänge aus Deutschlands Leierkasten« mehr Eindruck auf mich machten als nach den Gesetzen der Aesthetik vielleicht zulässig ist. Doch darf ich mich wohl damit trösten, dass ein Hauptästhetiker, der alte Vischer in dieser Sammlung mit Beiträgen vertreten ist, die zu den herzhaftesten des tollen Buches gehören.

Ich vermuthe – denn Alles aus dieser Zeit ist verloren gegangen – dass die meisten meiner damaligen Hervorbringungen nach solchen »berühmten Mustern« gearbeitet waren und die wenigen Spuren davon, die sich in meinem Gedächtniss noch vorfinden, scheinen das zu bestätigen. Zuerst zeichnete ich nur Karrikaturen, die ich mit Unterschriften versah, aus den Unterschriften wurden allmählich kleine Texte oder Gedichte. Im Lauf der Zeit nahm das Literarische immer mehr Ausdehnung an und schliesslich verschwanden die Bilder ganz. Ich hatte auch mein Publikum und war darin sehr bescheiden, denn ich war mit einem einzigen Leser zufrieden und strebte nicht nach Massenverbreitung. Die Bilder der ersten Periode sammelte ein gutmüthiger Mitschüler, der schliesslich einen ganzen Packen davon hatte, die Zettel und Heftchen der zweitenPeriode nahm der jüngste Sohn des Direktors an sich und besass schliesslich auch einen ziemlichen Stapel solchen Blödsinns. Ich selbst behielt nichts; es war mir ehrenvolle Anerkennung genug, wenn Jemand das Zeug haben wollte und es sogar aufhob. Später als ich schon von der Schule abgegangen war, erzählte mir der Sohn des Direktors, der »Alte« sei zufällig über diese Schriften gekommen und läse zuweilen darin, wobei er sich vor Lachen ausschütten wolle und erklärt habe, es sei viel Witz darin. Das schien mir zwar sehr ehrenvoll, ich konnte aber nicht umhin, den alten Herrn für sehr genügsam zu halten. An eine der Bildergeschichten erinnere ich mich noch. Sie stellte die Schicksale dar, die mein Mitschüler Peter Albert durch seine ungeheuer grosse silberne Uhr, eine sogenannte »Butterbüchse« erlitt. Wie er vom Alpdrücken geplagt wurde, als er sie einmal zufällig des Nachts auf der Bettdecke hatte liegen lassen, wie er allmählich sich verkrümmte, da sein Wachsthum durch die gewaltige Last der Uhr an der linken Seite zurückblieb, wie er in's Wasser fiel und sich trotz seiner Schwimmkunst nur mit Mühe retten konnte, weil das Gewicht der Uhr ihn immer wieder auf den Grund zog, und was dergleichen knabenhafte Scherze mehr sind. Ja, ich muss mit Beschämung gestehen, dass ich mich selbst nicht scheute, meinen vermeintlichen Witz an körperliche Gebrechen zu hängen. Eine Anzahl meiner Mitschüler hatte sich eines Winters auf den ausgedehnten Eisflächen der Schweriner Seen verirrt und war nach allerlei Fährlichkeiten erst spät in der Nacht wieder in's Haus gekommen. Da nun der Anführer bei diesem Ausfluge eine sehr schiefe Nase hatte, so erklärte ich am nächsten Tage in einem wohlgebauten Distichon diese Irrfahrt für ganz natürlich, da der

Führer immer seiner Nase nachgegangen sei und sich in Folge dessen fortwährend im Kreise herum bewegt hätte.

Zum Helden verschiedener Dichtungen wählte ich eine stadtbekannte Persönlichkeit, den allzeit betrunkenen Böttcher Maass, der zuweilen von einer johlenden Heerde von Strassenjungen verfolgt durch die Stadt taumelte. Zuerst liess ich ihn nach der Weise des allbekannten Herrn Urian auf Reisen gehen und ihn die wunderlichsten Abenteuer erleben. Ich weiss noch, ich schrieb dies Gedicht in der Zeit vor der Nachmittagsschule in der Schlafstube meiner Eltern auf einer sogenannten Waschkommode. Das Dichten ging mir damals noch fixer von der Hand als jetzt. Später holte ich aus zu einem längeren Epos, die »Maassiade« genannt, in dem sich Herr Maass in allen möglichen Wissenschaften und Künsten versucht und dabei ungeheuren Blödsinn zu Stande bringt. Dann gründete ich ein Blatt, das den Namen »Variatio delectat« führte und wöchentlich erscheinen sollte. Den Leitartikel bildete ein langes Gedicht: »Die Belagerung von Magdeburg«, aus dem mir noch zwei Strophen in der Erinnerung haften. Nachdem die Greuelthaten der Eroberer genugsam geschildert worden sind, heisst es:

»Aber den entmenschten Siegern
Ist dies Alles ganz egal;
Auf den Trümmern todter Leichen
Speisen sie jetzt sauren Aal!«

Am Schluss wird Tilly den Erinnyen übergeben mit dem Ausruf:

»Tilly, Tilly, grauser Feldherr!
Weh, wie wird es dir ergehn!
Oftmals noch wird das Gewimmer
Todter um dein Lager stehn?«

Ausserdem enthält diese erste Nummer den Anfang eines blödsinnigen Romans, von dessen Fortsetzung ich keine Ahnung hatte, einige kleinere Sachen und eine Menge von verrückten Inseraten. Eine weitere Nummer ist nie erschienen und somit gleicht das erste und einzige von mir herausgegebene Blatt der berühmten »Aeolsharfe«, von der auch weiter nichts existirt als die Nr. 8 des dritten Jahrganges. Auch das Fragment eines fürchterlichen Trauerspiels entstand, angeregt durch das Marionettenstück von Karl Malsz: »Prinz Ferdinand von Rolpotonga oder der durch Liebe,

Eifersucht und Jalousie gar grässlich um's Leben gekommen seiende Prinz«. Mein Stück führte den Titel: »Prinz Sternkobold oder das karrirte Ungeheuer« und fing damit an, dass der verbannte Prinz Sternkobold in einer Einöde auf dem Nachtstuhl sitzend einen ungeheuren Monolog hält. Später kommt eine Scene vor, wo der »König« des Stückes eine ganze Schaar von Verschwörern vor sich rufen lässt, ihnen eine Standpauke hält und ihnen dann allen höchsteigenhändig die Köpfe abschlägt. Hernach setzt er sich auf den Leichenhaufen und spricht voll tiefer Empfindung:

»Froh zu sein, gebraucht man wenig,
Und wer froh ist, ist ein König!«

Von einem andern Stück: »Prinz Butterkuchen« existirte nur die Schlussscene, die etwa so lautete:

(Eine Felshöhle, in der Prinz Butterkuchen ermordet liegt. Der König mit Gefolge tritt auf. Das Gefolge murmelt.)

Der König. Was murmelt ihr, Gefolge?

Einer aus dem Gefolge: Sehr Murmeliges hat sich hier ereignet. Dort in der Höhle Hintergrunde liegt Prinz Butterkuchen und schwimmt in seinem Blut!

Der König. Er schwimmt? Verhasste Fertigkeit! Und todt sagt ihr?!

Ein Andrer. Sehr todt geruht der Prinz zu sein. Seht ihr denn an der Decke nicht das Loch, wo seine Seele durchgefahren?

Der König. Das Loch? Für seine grosse Seele ist es viel zu eng. Und todt sagt ihr? Prinz Butterkuchen ist nie todt genug, noch tödter soll er sein, ich will am tödtesten ihn wissen.

(Er durchbohrt ihn fünf- bis sechsmal mit seinem Dolche.)

Das Gefolge. Nun ist er todt genug, nicht tödter kann er sein, um niemals wieder aufzuleben!

Aus diesen wenigen Proben, die sich in meinem Gedächtnisse erhalten haben, wird man sehen, wie gut es war, dass aus dieser Zeit kindischer Freude am Burlesken und Blödsinnigen Alles der Vernichtung anheim gefallen ist.

Im Grunde hatte ich aber eine ungemeine Hochachtung vor wirklicher Dichtung und wagte mich nur darum nicht an ernsthafte

Stoffe, weil ich dies für ungemein schwer hielt. Insbesondere gute lyrische Gedichte hatten für mich etwas von Wunder und Geheimniss, ich staunte sie an und begriff nicht, wie es möglich sei, dass ein Mensch dazu gelangen könne, die Musik seines Innern also in klingende Worte zu bringen.

Am meisten begeisterten mich damals Uhland, Heine und Andersen, die in meiner Knabenseele friedlich nebeneinander wohnten und später habe ich zu thun gehabt, mich von dem Einfluss der beiden letzten wieder zu befreien. Denn Dichter, die sich auf so markante Art »räuspern« und »spucken« wie Heinrich Heine und der dänische Märchendichter Andersen reizen junge, noch unselbständige Geister am meisten zur Nachahmung. So begegnet man denn noch heute den Unarten Heinrich Heines in unserer neuesten Literatur und sobald eine junge Dame sich hinsetzt, ein Märchen zu schreiben, darf man fast sicher sein, dass sie alle die kleinen Mätzchen des alten Hans Christian Andersen getreulich nachmachen wird. Freilich das Gute des grossen Lyrikers Heinrich Heine nachzubilden ist sehr schwer und auch unter den Märchen aus jener Zeit, da der dänische Dichter sich noch nicht selber nachahmte, sind Perlen, die noch lange ihren sanften Schimmer verbreiten werden.

Cooper und Walter Scott hatte mein Vater mir aus seiner Bibliothek schon früh in die Hände gegeben, ich las aber auch, oder verschlang vielmehr verschiedene Romane von Bulver, die ich ebenfalls dort fand, von denen besonders »Nacht und Morgen« einen solchen Eindruck auf mich machte, dass ich den Roman gleich noch einmal durchpflügte. Was sonst noch in der Zeit bis zu meinem siebzehnten Jahre auf mich einwirkte, waren der Gil Blas, der Don Quijote, Immermanns Münchhausen, Paul und Virginie, Tristram Shandy, Gullivers Reisen, noch jetzt eines meiner Lieblingsbücher, aus dem ich unendlich viel gelernt habe und E. T. A. Hoffmann, für dessen Schriften ich noch immer eine grosse Vorliebe besitze. Goethe trat mir erst später näher und für Schiller konnte ich nie die warme Begeisterung empfinden, die sonst diesem Alter eigenthümlich ist und besonders zur Zeit meiner Jugend noch sehr verbreitet war. Den Preis von allen aber trug damals Uhland davon, dessen Gedichte ich in meiner Jünglingszeit stets in der Tasche trug und so oft las, dass ich noch jetzt viele Stellen daraus auswendig weiss. In seinem Stil war auch mein erstes ernsthaftes Gedicht geschrieben, von dem ich weiss und das merkwürdiger Weise aus Opposition entstanden ist. Ich trug mich damals mit mancherlei Plänen zu ernsthaften Gedichten, führte sie aber nicht aus, da ich solche Dinge zu bewältigen mir nicht zutraute. Morgens beim Kaffee pflegte ich meiner Schwester Frieda von solchen Ideen zu erzählen und sprach ihr auch einmal von einem gefangenen kranken Sänger, der sich noch einmal aufrafft und sein letztes Lied singt von der gefangenen Nachtigall und ebenso wie diese dann todt zu Boden sinkt. Meine Mutter, die dabei ab und zu ging, hörte das und sagte: »Ach du redest immer nur und führst nie etwas aus!« Das stachelte mich an, das Gedicht noch an demselben Tage niederzuschreiben. Die letzten beiden Strophen lauteten:

»Die Harfe sinket nieder,
Der Sänger hält sie nicht,
Sie stürzet auf die Erde
Die Harfe – sie zerbricht.

Von ihr ein leises Klingen
Durch das Gefängniss zieht –
Der Sänger hört' es nimmer –
Er sang sein letztes Lied!«

Das Gedicht besitze ich noch, habe aber das jugendlich-sentimentale Gestammel niemals drucken lassen.

Schwerin hatte stets ein gutes Theater und als ich 12 Jahre alt war, erlaubte mir mein Vater in die »Zauberflöte« zu gehen. Das war ein grosses Ereigniss, denn ich war noch nie in einem Theater gewesen. Zwar in meinem siebenten Jahre etwa hatte ich in Wittenburg Marionetten gesehen. Ein wunderschönes Stück wurde gespielt, in dem eine gefangene Prinzessin vorkam, die immer, wenn sie die Hände erhob, mit ihren Ketten klirrte, dass es einem das Herz zerschnitt. Sie war wunderschön und hatte viele Fährlichkeiten erlebt, unter anderem einen grausigen Seesturm, den sie so deutlich schilderte, dass ich die haushohen Wellen und das schwankende Schiff vor mir sah. Ich konnte nur nicht begreifen, warum solche schöne Sachen hinter den Koulissen gemacht wurden, wo sie keinem Zuschauer zu Gute kamen. Den Seesturm hätte ich für mein Leben gern gesehen. Später als das Stück aus war, kam eine kleine Negerin, die trefflich tanzen konnte und mit unbegreiflicher Geschicklichkeit einen schwarzen Stab in die Höhe warf und wieder auffing. Fast graulich aber war es anzusehen, wie dann ein komischer Mann, der ebenfalls ungemein gelenkig zu tanzen verstand, in fünf Stücke auseinander ging, indem Arme, Beine und Rumpf sich in possierliche kleine Männerchen verwandelten. Ueber solche fast unglaubliche Wunder hatte ich dann noch lange gegrübelt und von ihnen geträumt. Nun aber sollte ich ein Stück sehen von lebendigen Menschen gespielt, die noch dazu sangen. Eine fürchterliche Schlange sollte darin vorkommen und Löwen, Affen und Mohren und Geschöpfe, die halb Vogel, halb Mensch waren. Durch Feuer und Wasser gingen die Menschen in dem Stück und was man mir sonst noch alles erzählt hatte. Ich war natürlich sehr rechtzeitig zur Stelle und stand in dem finstern Parterre als das Theater noch halb dunkel war und nur der geheimnissvolle Vorhang, durch den zuweilen ein leises Wallen ging in sanftem Dämmer vor mir lag. Ein eigenthümlicher Duft, der allen Theatern gemeinsam ist, herrschte dort und ich wunderte mich nur, dass die Besucher, die sich nach und nach einfanden, so gar nichts Feierliches an sich hatten, mit einander von alltäglichen Dingen plauderten und an die Stühle gelehnt neugierig mit Opernguckern die Ränge musterten. Auch die Musiker, die dann einer nach dem andern ihre Plätze einnahmen, schienen mir wenig von der Feierlichkeit des Ortes erfüllt zu sein; sie boten sich Priesen an, schnupften mit grosser Umständlichkeit und sahen sehr gleichgültig und geschäftsmässig aus. Dann ging ein eigenthümliches Weben und Wirken im Orchester los. Die feinen Pizzikato-Töne gestimmter Geigen mischten sich mit Flötenläufen und den sanften Tönen des Horns, und zuweilen quäckte es wie mit komischen Ferkelstimmen dazwischen. Dann wurden die metallischen Tone der Kesselpauken laut, und ein gedämpftes Knurzen der Kontrabässe machte sich bemerkbar, zuweilen übertönt von dem fast menschlichen Gesange eines Cellos. Das war wohl noch nicht die eigentliche Musik, aber es weckte grosse Erwartungen. Unterdessen hatte sich das Haus gefüllt und das wunderliche Getöse im Orchester war immer stärker geworden. Plötzlich ging es wie ein Blitz über den Vorhang und es wurde ganz hell. Mit einmal stand dann dort ein schwarzer Mann, von dem man gar nicht wusste, wo er hervorgekommen war und der plötzlich mit einem Stäbchen aufklopfte. Im Orchester wurde es todtenstill und dann – o wie feierlich – setzten die Posaunen ein. Die Zauberflöte gefiel mir; wie ein wunderbarer Traum aus einer höheren Welt zog dies seltsame Märchen an mir vorüber. Doch hatte ich auch manches auszusetzen. Insonderheit die Schlange missfiel mir, ich hatte sie mir schrecklicher und wilder gedacht. Nun aber kam sie auf dem Bauche dahergerutscht wie ein ungeheurer grüner Spickaal und kaum hatten die drei Damen sie nur mit den Speeren angerührt, so zuckte sie noch ein oder zweimal kränklich mit dem Schwanze und war todt. Die Königin der Nacht mochte ich garnicht leiden. Aussehen that sie ja ganz nett in ihrem schwarzen sternbesäeten Kleide, wenn sie nur das Singen hätte lassen wollen. Potz Blitz! Wie konnte sie quinkeliren und wie lange dauerte es immer, ehe sie fertig war! Am besten gefiel mir, wie später das alte zahnlose braune Mütterchen sich mit einemmale in die junge reizende Papagena verwandelte.

Ich bin nachher natürlich noch oft ins Schweriner Theater gegangen und jedesmal wenn ich Weinpunsch rieche, fällt mir dieses Kunstinstitut wieder ein. Denn der Duft nach diesem guten Getränk füllte stets die Restauration und verbreitete sich von dort weithin. Das muss schon in allen Zeiten so gewesen sein, wie ich aus Heines Harzreise schliesse. Denn bei der Schilderung der grossen Kneiperei auf dem Brocken heisst es: »Ein gemüthlicher Mecklenburger, der seine Nase im Punschglase hatte, und selig lächelnd den Dampf einschnupfte, machte die Bemerkung, es sei ihm zu Muthe, als stünde er wieder vor dem Theaterbüffet in Schwerin«. Man darf annehmen, dass Heine dies nach dem Leben beobachtet hat, denn wie würde er sonst gerade auf das ihm ganz fremde Schwerin verfallen sein. Ob es dort wohl jetzt noch so gut nach Punsch riecht? Ich glaube kaum, denn dies poetische Getränk wird nun auch dort wohl schon längst dem alleinseligmachenden Biere zum Opfer gefallen sein. Ich unterschätze ja dieses Getränk durchaus nicht, aber seine poetischen Qualitäten sind nur dürftig. Der beste Beweis ist, dass wir in dem so unermesslich reichen feuchten Theile unserer Literatur nur sehr wenige Lieder haben, die dem Biere gewidmet sind. Dem Punsch aber hat sogar Schiller einen Hymnus gewidmet und selbst der ärmste Poet, über dessen Lippen nur Dünnbier geht, huldigt in seinen Liedern dem Wein, insonderheit dem Muskateller, den er zwar nie gesehen und noch weniger getrunken hat, der aber seit den ältesten Zeiten als ein wahrer Musterreim auf Keller sich bei den Poeten des höchsten Ansehens erfreut.

Eines Abends, als mein Bruder Werner, der damals wohl dreizehn oder vierzehn Jahre alt sein mochte, und ich im Bette lagen und wir noch ein wenig plauderten, sagte dieser plötzlich: »Du, Heinrich, ich will mich nun auch verlieben. Sie thun es alle.«

»Weisst du denn schon in wen?« fragte ich.

»Ja«, sagte er und nannte den Namen, »morgen früh fang' ich an!« Dann drehte er sich gegen die Wand und schlief ein. Pünktlich und gewissenhaft erfüllte er am anderen Morgen sein Versprechen und ist noch lange mit dieser so sonderbar hervorbrechenden Liebe geneckt worden.

»Sie thun es alle«, hatte er gesagt und ich konnte mich davon nicht ausschliessen. Sie hiess Helene, war drei Jahre jünger als ich und wohnte den drei Gebrüdern Jenning, die in Schwerin die Schule besuchten, gerade gegenüber. Der mittlere dieser Brüder, Fritz Jenning, war mein Freund und Klassengenosse und so konnte ich, wenn ich ihn besuchte, die schönen Gefühle der Liebe und Freundschaft gleichzeitig pflegen. Der Freundschaft, indem ich von seinem Tabak rauchte, und der Liebe, indem ich unausgesetzt zu der schönen Helene hinüberstarrte. Sie hatte eine hübsche Stimme und ist später auch Sängerin geworden; einzelne Töne ihres Gesanges, die zuweilen über die Strasse zu mir herüber flatterten, begeisterten mich und da ich damals gerade für Hoffmann und besonders für die musikalisch exaltirten seiner Schriften schwärmte, so gab ihr diese Eigenschaft natürlich einen erhöhten Zauber. Helene war durchaus entzückend, die Art, wie sie den Kopf trug, wie sie ging, stand oder sich bewegte, oder sich auf der Bank vor ihrem Hause mit einem kleinen Nachbarskinde beschäftigte und es küsste, alles war unvergleichlich. Wie unermesslich zu beneiden war dieses Kind und hatte doch keine Ahnung davon. Einmal streifte ich im Vorübergehen mit dem Oberarm ihre Schulter und noch wochenlang zehrte ich in der Erinnerung von diesem Ereigniss und fühlte an meinem Arm eine sanfte beseligende Wärme. O holde Thorheit!

Fortwährend träumte ich natürlich davon, wie ich sie aus grossen Gefahren befreite. Sie wohnte zwar zu ebener Erde, aber für das eine dieser Traumbilder musste ich sie unbedingt in den dritten Stock versetzen. Das Haus brennt. Plötzlich erscheint an einem der obersten Fenster eine helle zärtliche Gestalt, die Arme flehentlich nach Hülfe ausgebreitet. Ein Schrei des Entsetzens, ein dumpfes Gemurmel der Menge; es ist zu spät. Da bricht sich ein Jüngling Bahn durch das Volk, der Jüngling bin ich. Leitern werden zusammengebunden und schwanken durch die Luft empor. Ha, der Tollkühne! Er ist verloren! Doch siegreich durch Flammen und Rauch mit wehenden Haaren und blitzenden Augen steigt er empor; eine zarte Last sinkt in seine Arme und abwärts geht es unter dem Jauchzen des begeisterten Volkes. Ein Dankesblick aus zärtlichen blauen Augen, und bescheiden verschwindet der Jüngling in der Menge.

Oder die Geliebte wandelt am Frühlingsmorgen beim Duft der Rosen und dem Gesange der Nachtigallen durch die blühenden Fluren. Ich stellte mir diese Scene immer an einem Wege vor, dessen Bezeichnung und Lage eigentlich etwas an sich hatte, das jede Phantasie im Keime zu morden geeignet war. Der Weg hiess nämlich »die Schlafmützenallee« und zogsich am »faulen See« entlang. Doch das machte mir nichts aus.

Also die Geliebte wandelt. »Plötzlich aus des Waldes Duster« brachen zwei Strolche hervor; einer genügte meinem Heldenmuthe nicht. Was wollen sie? Sie wollen ihr was thun! Ihr das Portemonnai wegnehmen – sie küssen – sie entführen – oder sonst sich ungebildet gegen sie benehmen. Aber ich bin in der Nähe. Sausend wie eine fliegende Kanonenkugel jage ich den Abhang hernieder, schmettere den einen durch die Wucht meines Anpralles zu Boden und renne dem anderen mit dem Kopf vor den Magen, also dass er, in seinen heiligsten Gefühlen verletzt, umstülpt und die Sohlen gegen den Zenith kehrt. Dann, ohne mich um die hingestreckten beiden Scheusale weiter zu kümmern, trete ich einen Schritt näher und sage, die Hand aufs Herz legend, mit weltmännischer Gewandtheit: »Mein Fräulein, ich schätze mich glücklich, Ihnen diesen kleinen Dienst geleistet zu haben!« Worauf sie antwortet: »Mein Retter, wie soll ich Ihnen danken?« Aber plötzlich erblasst sie und ruft: »Was sehe ich? Sie bluten!«

»Es ist nichts!« erwidere ich mit feierlicher Leichtfertigkeit und trete einen Schritt zurück. Aber sie lässt sich nicht hindern, sie drückt das zarte Tüchlein, das so süss duftet, auf die Wunde, und eine kostbare Thräne rinnt über ihre zarte Wange – und so weiter.

Dies waren meine wachen Träume, aber auch durch meine nächtlichen schwebte ihre schlanke Gestalt. In einem solcher Träume wanderte ich durch die Zimmer und Hallen eines prächtigen Schlosses. Niemand war in den einsamen Bäumen, als der Sonnenschein, der in breiten Strömen durch die hohen Fenster eindrang. Als ich in einen mächtigen Saal trat, kam mir von dessen anderem Ende mit schwebendem Schritt die Auserwählte entgegen.

Sie trug ein glattes schwarzes Seidenkleid und streckte mir freundlich lächelnd die Hand hin. Wir sprachen kein Wort dabei und gingen Hand in Hand durch viele Säle und Gemächer. Die Thüren öffneten sich von selbst, wenn wir nahten und die Treppen schwebten wir hinauf, indem wir mit den Fussspitzen die Stufenkanten leise berührten. Unsere Schritte waren lautlos; nur das zarte Knistern und Rauschen des Seidenzeuges vernahm ich fortwährend. Endlich, nachdem wir schon sehr hoch gestiegen waren, that sich eine letzte Thür auf und wir traten in ein Thurmgemach, das ganz von hellem Licht und reiner Luft erfüllt war. Dort setzten wir uns auf eine schmale Holzbank und sahen in das weite Land und in die klare leuchtende Ferne, und bei alledem, war mir zu Muth, als schwimme das Herz in meiner Brust in eitel Sonnenschein. Nach einer Weile beugte sich das schöne Mädchen mit einer lieblich geheimnissvollen Miene sanft an mein Ohr und in der Erwartung dessen, was sie mir zuflüstern würde, erwachte ich plötzlich zu meinem grossen Leidwesen. Ich habe sehr oft darüber nachgedacht, was sie wohl gesagt haben würde, wenn ich nicht so zur Unzeit erwacht wäre.

So viel Liebreiz konnte natürlich nicht unbeachtet bleiben und ich hatte, wie ich jetzt allerdings glauben möchte, nur in meiner Einbildung, an die vier oder fünf Nebenbuhler, die ich mit den Blicken eines eifersüchtigen Türken beobachtete. Damals schrieb ich ein phantastisches Märchen, in dem diese Nebenbuhler eine überaus klägliche Rolle spielten. Ich weiss nur noch, dass ich sie in diesem Phantasiestück auf Kaping'schen Hengsten reiten liess, die als die Nebenbuhler sich vor der Geliebten stolz damit sehen lassen wollten, elend mit ihnen zusammenbrachen und sie dem Gelächter preisgaben. Herr Kaping war ein ehrsamer Fuhrherr und Ackerbürger, der mit einer Anzahl von lebensmüden Rossen die städtische Abfuhr besorgte. Um diese Pferde und ihre sprichwörtliche Elendigkeit hatte sich ein ganzer Sagenkreis gewoben; man behauptete z. B. steif und fest, den einen dieser Hengste habe Herr Kaping auf einer Auktion für 36 Schillinge (2 Mark 25 Pf.) gekauft.

Das Phantasiespiel dieser Liebe, denn mehr war es nicht, und ich habe nie im Leben ein Wort mit Helene gesprochen, dauerte noch anderthalb Jahre, nachdem ich die Schule verlassen hatte, bis ich im Alter von achtzehn Jahren nach Hannover ging. Damals kurz vor meiner Abreise setzte ich dieser holden Thorheit ein Denkmal, indem ich am Pinnower See, nicht weit von der sogenannten steinernen Bank unsere beiden Namen unter einander in eine Buche schnitt. Wenn der Baum seitdem nicht gefällt worden ist, werden sie wohl noch dort zu lesen sein, denn der glatte Stamm der Buche bewahrt solche Schriftzüge wohl an die hundert Jahre und länger. So mancher gewinnt demnach mehr Unsterblichkeit durch eine Buche als durch ein Buch.

In der Tertia übten die »Alten« eine sehr strenge Tyrannei und kein »Neuer« durfte es wagen, vor Ablauf des ersten halben Jahres in der Zwischenstunde sich von seinem Platze zu begeben und sich in der Schulstube zu bewegen. Das war ein den »Alten« vorbehaltenes Recht und der »Neue« gewann dies nach der genannten Zeit nicht ohne Weiteres, sondern erst nach den harten Prüfungen der sogenannten Einweihung. Er musste dreimal Spiessruthen laufen, ehe er den Ritterschlag erhielt. Gegen Ende des ersten halben Jahres begannen diese Feierlichkeiten. Die Alten stellten sich mit Linealen und geknoteten Taschentüchern auf und der für die Einweihung reif gehaltene »Neue« musste dreimal die Klasse herum durch ihre Reihen laufen, während tüchtig auf ihn losgedroschen wurde. Hatte er diese Prüfung bestanden, so musste er vor dem Primus niederknien und dieser schlug ihn mit dem langen Klassenlineal zum Ritter. Es ging dabei nicht ohne Rohheit her, doch fügten die Meisten sich widerstandslos in diese durch ihr Alter geheiligten Gebräuche. Nur zwei widersetzten sich zu meiner Zeit. Der eine, ein riesenstarker Junge vom Lande war durch die vereinigten Klassen-Herkulesse nicht von der Stelle zu bringen und musste auf seinem Platze verdroschen werden. Der andere aber, dessen Ehrgefühl sich gegen diese Behandlung auf's Aeusserste sträubte, war nicht mit solchen Kräften begabt und wurde von zwei der stärksten »Alten« trotz seines Sträubens zur Exekution durch die Klasse geschleppt, ein widerlicher Anblick, den ich nie vergessen werde. Ich fügte mich nach dem Rezept des alten Nüssler: »Wat sall einer derbei dauhn!« und da ich nicht unbeliebt war, kam ich glimpflich ab.

Aber obwohl ich nun im nächsten halben Jahre selber zu den »Alten« gehörte, sollte ich doch nicht lange Nutzen aus dieser erhöhten Lebensstellung ziehen. Denn das Maass meiner Sünden war voll und meinem Vater wurde mitgetheilt, er solle mich lieber freiwillig von der Schule nehmen, es würde doch nichts mit mir. Da fragte es sich nun, was ich werden sollte und da ich einmal einen Bergkadetten in seiner hübschen Uniform gesehen hatte, der in Schwerin zu Besuch war, und da ich vom Bergmannsleben überhaupt eine sehr romantische Vorstellung hatte, so war ich bald entschieden. War doch auch Theodor Körner ein Bergmann gewesen, und dieser war in Schwerin der populärste Dichter, denn nicht weit davon, bei dem Dorfe Rosenberg, war er gefallen und ebenfalls in der Nähe, bei dem Dorfe Wöbbelin, lag er begraben. Alljährlich wurde an beiden Orten der Tag seines Todes, der in die schönste Sommerszeit fiel, festlich begangen. Aber dieser Plan scheiterte, denn bei näherer Erkundigung stellte sich heraus, dass für das Bergfach eine höhere Vorbildung erforderlich sei.

In der letzten Zeit hatte ich mich viel mit Physik und Chemie beschäftigt, mir verschiedene Apparate gebaut und das Haus mit allerlei übelriechenden Experimenten verstänkert. Ich hatte in unserem geräumigen Hause ein eigenes kleines Zimmer für diesen Zweck, wo man dergleichen Unfug ungestört treiben konnte. Mein in diesen Dingen mir sehr überlegener Genosse war mein Mitschüler Hans Tischbein, ein Abkömmling der weitverzweigten Künstlerfamilie dieses Namens, zu der auch der sogenannte Goethe-Tischbein gehörte. Hans Tischbein hatte von Kind auf ein merkwürdiges Talent zu mechanischen Dingen und baute sich damals Elektrisirmaschinen, Telegraphen-Apparate, galvanische Batterien und dergleichen, die sich dadurch auszeichneten, dass sie erstens ausgezeichnet arbeiteten und zweitens ein merkwürdig geschicktes Aussehen hatten. Die unscheinbarsten Dinge wusste er zu verwenden und Alles sah an seinem Orte richtig aus, als könne es garnicht anders sein. In früherer Zeit hatte er einmal einen Pistolenlauf aus Blei gegossen, ihn mit einem Handgriff versehen und eine Drückervorrichtung dazu gemacht, wodurch man brennenden Zunder auf das Zündloch tupfen konnte, worauf das Ding losging, wenn es geladen war. Ich wünschte nun ebenfalls einen solchen Lauf zu giessen, allein er wollte mir die Methode nicht mittheilen und meinte, ich würde das auch nie herausbringen. Das weckte meinen Ehrgeiz und ich legte mich auf's Erfinden. Nach einiger Zeit brachte ich ihm den von mir gegossenen Lauf einer etwa sechs Zoll langen Kanone. Da theilte er mir seine Methode mit und siehe, sie war gegen meine komplizierte so einfach, dass ich mich schämte, darauf nicht verfallen zu sein. Er hatte ausserdem noch vielerlei Talente, malte und zeichnete sehr hübsch und spielte mehrere Instrumente fast ohne

Anleitung. Er war auch mein erster Komponist, setzte ein von mir verfasstes unglaublich unbeholfenes Liebeslied an Helene in Musik und sang es zur Guitarre. Er wollte wie sein früh verstorbener Vater Baumeister werden und im nächsten Herbst nach Hannover auf das Polytechnikum gehen. Ich glaube, dass er es war, der mich auf den Gedanken brachte, mich dem Maschinenbau zuzuwenden. Es war damals die Zeit, wo das Studium der technischen Fächer anfing, sich mehr auszubreiten, und es war noch nicht wie jetzt durch allerlei Berechtigungs-Zäune eingeengt. Ausserdem muss ich gestehen, dass es etwas Verlockendes für mich hatte, auf diese Art trotz alledem zu einem richtigen Studentenleben zu gelangen. Als es bekannt wurde, dass ich von der Schule abgehen wolle, begegnete mir, wer weiss wie oft, die Frage: »Gehst du nu bi dei Stüer oder bi dei Post?« Denn das war in solchem Falle das Gewöhnliche. Ausserdem konnte man noch Kaufmann, Landmann oder Seemann werden. Wenn ich dann antwortete: »Ick warr Maschinenbuger«, so erregte das stets grosse Verwunderung, denn dies war damals in dem fast industrielosen Mecklenburg ein noch ganz ungebräuchliches Fach.

Um Ostern 1859 wurde ich konfirmirt und trat dann auf ein Jahr als Lehrling in die Schweriner Lokomotiv-Reparaturwerkstätte ein, um die praktischen Arbeiten meines zukünftigen Berufes kennen zu lernen. Dort habe ich nicht viel gelernt und durch das, was meine ungeschickten Hände verdarben, wohl mehr Schaden als Nutzen gestiftet. Nur in der Formerei ging es besser, weil mir diese Art Arbeit sehr gefiel. In den stillen hohen Räumen war es so behaglich, zumal wenn die Sonne durch die trüben Fenster auf den schwarzen Sand schien und in den hellen Lichtstreifen tausend Stäubchen flimmerten. Da lag man auf der Erde und putzte an den Formen herum, und dabei plauderte man mit dem Meister, der weit herumgekommen war, bis nach Holland und nach Italien, oder unterhielt sich mit dem Arbeitsmann der Giesserei, der ein Original war und in der Weise des Sancho Pansa zu philosophiren liebte. Zu einem andern Lehrling sagte er einmal: »Ja, Sei hebben't gaud. Sei arbeiten hier nu so'n beten, un nahst gahn Sei up dei hogen Schaulen, un denn ward'n Sei so'n Herr un denn reisen Sei in't Bad!«

So ungefähr dachte er sich unsere Karriere. Ach, leider war sie nicht so einfach! Hübsch war es auch, wenn dann am Sonnabend gegossen wurde; es war mir immer ein Fest, wenn der Ofen angestochen wurde und das flüssige Eisen wie glühende Milch, funkelnde Sterne von sich sprühend, in die eisernen Tragepfannen lief. Wenn dann die Masse in die Oeffnungen der bereitstehenden Formkasten eingegossen wurde, war es mein Amt, mit einer eigens dazu geformten Eisenstange die schwimmenden Schlacken zurückzuhalten, dass sie nicht mit in die Form liefen und sehr wichtig kam ich mir vor, wenn wir einmal dabei Zuschauer hatten, wie es öfter vorkam.

Nach Beendigung dieser Lehrzeit nahm ich ein halbes Jahr lang Privatunterricht in der Mathematik, und schrieb bei meinem Vater Aufsätze, deren Stoff ich mir beliebig wählen durfte. Diese Aufsätze, drei an der Zahl, die alle verloren gegangen sind, bezeichnen meine ersten Versuche auf dem Gebiete der Erzählung. Der erste schildert wie einige junge Turner eine Wanderfahrt unternehmen und dabei in ein kleines Städtchen gerathen. In der Nacht bricht Feuer aus und die Jünglinge eilen sofort an den Unglücksschauplatz, wo sie Alles in Verwirrung finden. Sie aber bemächtigen sich der Situation und arbeiten mit Riesenkraft an der Spritze. Der gewandteste von ihnen erklettert unter hoher Lebensgefahr das Dach eines benachbarten Hauses und von dort gelingt es ihm durch geschickte Handhabung der Spritze das Feuer in unglaublich kurzer Zeit zu löschen. Dem Danke entziehen sie sich eiligst, und in ihrer Bescheidenheit wandern sie, um den ihnen zugedachten Ovationen zu entgehen, in aller Herrgottsfrühe weiter. Von der Höhe sehen sie noch einmal auf die Stadt zurück, die friedlich in dem ersten Morgensonnenschein daliegt. Von dem Schauplatz ihrer nächtlichen Heldenthaten steigt noch immer ein leichter weisslicher Rauch empor. Sie aber schwenken die Hüte zum Abschied und wandern weiter in die schöne Welt.

Ich träumte damals viel vom Reisen und so wurde in dem zweiten Aufsatz eine Wanderfahrt in's Gebirge beschrieben. Diese aber blieb Fragment, denn als ich mit grosser Anschaulichkeit, wie ich meinte, den Marsch durch die Ebene an einem heissen Tage geschildert hatte und nun die Gebirgsfahrt beginnen sollte, ging mir die Puste aus, denn ich hatte nie ein Gebirge gesehen. Mir fällt dabei der hübsche Witz ein, mit dem einmal Jemand eine frühere, der Natur abgewandte, sogenannte ideale Richtung der deutschen Malerei verspottet hat, »Wenn«, sagt er, »ein Franzose ein Kameel malen will, so geht er in den Jardin des plantes oder er reist gar nach Afrika und studirt das Kameel von allen Seiten und zeichnet und malt ganze

Skizzenbücher voll Kameele. Der Deutsche aber hat das Alles nicht nöthig, es schöpft es einfach aus der Tiefe seines Gemüthes«.

Da nun wahrscheinlich mein Gemüth nicht tief genug war, um ein ganzes Gebirge daraus zu schöpfen, so hörte ich einfach auf.

Bei dem dritten dieser Aufsätze holte ich gar zu einer Novelle aus und da ich gerade unter dem Bannkreise E.T.A. Hoffmanns stand und ganz besonders für seine phantastische Geschichte den goldenen Topf schwärmte, so war der Held meiner Erzählung natürlich ebenfalls ein Student und hiess, wenn ich mich recht erinnere, auch Anselmus. Er ist am Ende seiner Studien angelangt und sucht eine Stellung als Hauslehrer. Der Student Anselmus ist zwar ein gelehrtes Haus aber über die Maassen ungeschickt und unordentlich. Mit Behagen wird das Tohuwabohu geschildert, das auf seiner »Bude« herrscht und wie in dieses wüste Durcheinander, als der Student sich gerade in einem unbeschreiblichen Negligee befindet, ein überaus fein lakirter Bedienter tritt und ihm ein duftendes Briefchen überreicht von der Baronin Soundso, die einen Lehrer für ihr einziges Söhnchen sucht. Anselmus ist überglücklich, und da er sich noch am selben Tage vorstellen soll, so bereitet er sich auf den Besuch sorgfältig vor, wobei er die jammervollsten Defekte an seinem schwarzen Anzug entdeckt. Nachdem er nun mit Dinte ihm etwas nachgeholfen hat, bleibt aber noch immer ein schändliches Loch unter der Achsel, aus dem das weisse Hemd hervorlugt, und er studirt sich nun vor dem Spiegel die Stellungen ein, die ihm erlaubt sind, wenn diese Schande nicht zum Vorschein kommen soll. Darnach, zu Ehren dieses freudigen Ereignisses, und um seinen Muth ein wenig zu beleben, trinkt er unterwegs in einer Konditorei ein Gläschen köstlichen Likörs, mit dem er sich in seiner Ungeschicklichkeit einen grossen Fleck auf das weisse Vorhemd macht, den er nun auch erst noch zu verdecken hat, was die Anzahl der ihm erlaubten Bewegungen natürlich noch weiter mindert. Mit diesem verwirrenden Aermelloch- und Likörfleck-Bewusstsein wird er bei der Baronin vorgelassen, doch sein Herz erleichert sich, als er sie in einem fast gänzlich verdunkelten Zimmer vorfindet. Denn die Dame ist augenleidend und hält sich stets in einem grün verhangenen Zimmer auf mit grünen Teppichen, Möbeln, Tapeten und Vorhängen, ja selbst das Söhnlein ist grün gekleidet, um ihren Augen nicht wehe zu thun. Der Student Anselmus, gedeckt von der grünen Dämmerung, übertrifft sich selbst, er bringt die feinsten und zierlichsten Redensarten zu Stande, gefällt der Baronin und sieht sich schliesslich unter den angenehmsten Bedingungen am Ziele seiner Wünsche. Doch als er nun, immer noch eingedenk seiner Schäden, mit fest an den Leib geschlossenem Arme und den Hut auf Herz und Likörfleck gedrückt, sich rückwärts hinauskomplimentiren will, rennt er in seinem Ungeschick gegen ein Glasschränkchen mit kostbarem Porzellan und venetianischen Gläsern. Ein furchtbarer Krach, die Baronin sinkt in Ohnmacht, der Sprössling schreit, und den Tod im Herzen, Alles, auch seine Hoffnungen, in Trümmern hinter sich lassend, rennt der unglückselige Anselmus hinaus.

Mit wie fröhlichem Leichtsinn begann man damals so eine Geschichte in der Hoffnung, der liebe Gott würde schon weiter helfen, und fernere Abenteuer würden einem schon einfallen. Aber ach, die erwartete Hülfe blieb aus und es fiel mir durchaus nichts weiter ein, so dass die Geschichte von den Abenteuern des Studenten Anselmus ebenfalls Fragment blieb.

Zu jener Zeit waren in Schwerin mehrere junge Leute, die sich dem Studium technischer Fächer widmen wollten, und unter diesen verkehrte ich, ausser mit dem schon genannten Tischbein, besonders mit zweien, die ebenfalls später in Hannover studiren wollten. Der eine hiess Karl Graff, stammte aus Grabow und war ein zu allerlei Humoren und tollen Einfällen aufgelegter junger Mann; er konnte ungemein »mall« sein, wie man in Mecklenburg sagt. Er wollte das Baufach studiren und ich glaube Niemand traute ihm damals zu, dass er je etwas Besonderes leisten würde. Trotzdem ist er am schnellsten von uns allen zur Anerkennung gelangt. Er wandte sich bald nach vollendetem Studium dem aufblühenden Kunstgewerbe zu und ward in sehr kurzer Zeit Hofrath und Professor in Dresden, wo er noch jetzt lebt.

Der andere hiess Karl Haack und hatte sich der Chemie zugewendet. Ihm, dem Sohne eines wohlhabenden Wagenfabrikanten, standen die Mittel zur Verfügung, deren Mangel mich in meinen Experimenten und Versuchen nie zu etwas Rechtem kommen liessen. Er besass ein wohleingerichtetes chemisches Laboratorium und in der Wagenfabrik liess er sich alle möglichen physikalischen Apparate bauen. Ich fand sein Dasein beneidenswerth, denn Alles, was bei mir nur Traum bleiben musste, ward bei ihm liebliche Erfüllung. Was war mein eines, mühsam zusammengestümpertes Daniell'sches Element

z. B. gegen seine stattliche Batterie und seinen vortrefflichen Induktionsapparat. Als er diesen einmal gerade in Gang gebracht hatte, kam Fritz Fahrenheim zum Besuch. Haack hatte eben die beiden metallenen Handgriffe durch lange übersponnene Dräthe mit dem Apparat verbunden und auf den Tisch gelegt und da er noch aus einem entlegenen Zimmer etwas herbeiholen wollte, sagte er zu Fahrenheim, dessen Vorwitz er kannte: »Fritz, dat du mir die Griffen nich in die Hand nimmst – denn süss gifft dat'n Mallühr«. Damit ging er hinaus. Fritz Fahrenheim wurde natürlich mit dämonischer Gewalt zu den Griffen hingezogen; er betrachtete sie eingehend und konnte garnichts Besonderes an ihnen finden. Endlich konnte er nicht mehr widerstehen und tippte den einen der Griffe vorsichtig mit dem Zeigefinger an. Es geschah ihm garnichts und kühner geworden nahm er den Griff in die Hand, ohne dass sich irgend etwas ereignete. Da er nun wusste, dass Karl Haack mit seinen Sachen sehr eigen zu sein pflegte, so kam er zu der Meinung, dieser habe ihn nur in Furcht setzen wollen, um ihn von seinem Apparate abzuhalten, und sofort hatte er auch schon den zweiten Griff in der anderen Hand. Nun aber war die Leitung hergestellt, und das schmerzhafte unheimliche Schüttern des elektrischen Wechselstromes ergoss sich durch den Körper des Vorwitzigen. Entsetzt wollte er die Griffe von sich werfen, allein das ging nicht, sondern nurnoch fester krampften sich durch die Wirkung des elektrischen Stromes die fliegenden Hände an das glatte Metall. Da überkam ihn das Grauen und die Angst vor dem Unerklärlichen, er fiel vor Schreck auf den Rücken und brüllte, an Armen und Beinen fliegend, ganz unmenschlich um Hülfe. Karl Haack eilte natürlich sofort herbei, befreite ihn aber nicht eher, als nachdem er sich über die schrecklichen aber verdienten Folgen leichtsinnigen Vorwitzes eindringlicher Moral entäussert hatte. Fritz Fahrenheim aber begegnete von dieser Zeit ab elektrischen Apparaten jeder Art mit Misstrauen.

In genialer Weise fing mein Freund Karl Haack mit dieser Vorrichtung auch einige Strassenjungen, die sich gewöhnt hatten an der Hausthürglocke seines Vaterhauses einen mächtigen Riss zu thun und dann schnell zu entfliehen. Durch ein besonders anhaltendes zeterndes Klingeln gab es sich kund, wenn ein solcher Fisch an der Angel sass. Dann kam Karl Haack mit einem spanischen Röhrchen heraus und ermahnte ihn zur Tugend. Dieses Motiv habe ich später in einer kleinen Erzählung »Der Gartendieb« mit Glück verwendet.

Doch nicht allein seine physikalischen, sondern auch seine chemischen Kenntnisse benutzte Karl Haack zu allerlei Allotriis und destillirte unter Anderem in seiner grossen Glasretorte auch ein sehr vortreffliches dunkelgrünes, starkes Getränk, das ich aus gewissen Gründen gar wohl in meiner Erinnerung behalten habe. Als damals nämlich wie alljährlich am 26. August bei dem Orte Rosenberg das Körnerfest gefeiert werden sollte, machten wir, Karl Haack und ich, und noch vier andere Bekannte uns auf, um uns an dieser Feier zu betheiligen, und dafür hatte der angehende Chemiker zu männlicher Erquickung für unterwegs eine grosse Flasche jener ominösen grünen Flüssigkeit gestiftet. Da wir nun wohl alle miteinander an dergleichen starkes Getränk nicht gewöhnt waren, so geriethen wir dadurch in eine so ausgelassene Stimmung, dass wir, wie ich fürchte, der Körnerfeier nicht zur Zierde gereicht haben. Als wir auf dem Rückwege durch das Dorf Lankow kamen, verfielen wir darauf, dem Schulmeister, der vor seiner Hausthür stand, ein Ständchen zu bringen. Während wir dort nun gar lieblich sangen, und der brave Pädagoge uns mit finsterem Ernste betrachtete, kamen aus dem Hause sechs oder sieben Kinder eins nach dem andern hervor, stellten sich in eine Reihe neben ihren Vater und sahen ebenfalls stumm und ernst auf uns hin. Wir aber sangen unbeirrt unsere schönsten Lieder, zählten zwischendurch die Kinder, was wir für einen vortrefflichen Witz hielten, und zogen dann vergnügt weiter.

Am zweiten Tage nachher aber hatten diese mannhaften Thaten ein verdriessliches Nachspiel. Es kam ein Abgesandter zu mir, der mir mittheilte, unser heiteres Benehmen an jenem Tage habe die Aufmerksamkeit eines Mannes auf sich gezogen, der für die Zeitung arbeite und dieser trage sich mit der Absicht, unsere Abenteuer, insbesondere das mit dem Schulmeister, mit all ihren pikanten Details und mit Nennung sämmtlicher Namen der Oeffentlichkeit zu übergeben, damit auch weitere Kreise Erheiterung dadurch gewönnen. Ein Zeitungsschreiber könne solchen schönen Stoff nicht unfruktifizirt liegen lassen, denn er sei darauf angewiesen, und dergleichen hübsche Geschichten passirten nicht alle Tage. Da eine dunkle Empfindung ihm aber sage, manchem von uns würde ein solches Hervortreten an die Oeffentlichkeit gegen das Gefühl sein, so liesse er anfragen, wie wir es in diesem Falle zu halten gedächten. Er für sein Theil sei bereit gegen eine Entschädigung von im Ganzen drei

Thalern auf den literarischen Ruhm zu verzichten, den er möglicher Weise aus dieser Angelegenheit ziehen könne.

Ich hatte im Verlauf dieser Verhandlung einen tödtlichen Schrecken bekommen, der Nachsatz aber nahm den Druck wieder von meinem Herzen, und mit grosser Erleichterung bezahlte ich den halben Thaler, der auf meinen Antheil kam. Dies war meine erste Berührung mit der Presse.

Karl Haack studirte zuerst in Hannover Chemie und ging dann nach Göttingen, wenn ich nicht irre. Später wandte er sich der Photographie zu und hatte lange Zeit ein bekanntes Atelier in Wien. Er erfand ein Verfahren Faksimile-Druckplatten von Zeichnungen auf photographischem Wege herzustellen und nach dieser Methode sind einzelne der Werke von Wilhelm Busch ausgeführt worden.

Zu einem meiner früheren Mitschüler, Walter Flemming, der die Schule weiter besuchte und Mediziner werden wollte, fühlte ich mich besonders hingezogen, weil er meine literarischen Neigungen theilte und an meinen damaligen schwachen Versuchen Interesse nahm. Wir waren uns schon als Kinder näher getreten, als sein Vater noch dirigirender Arzt der Irrenheilanstalt Sachsenberg bei Schwerin war. Mein Vater fuhr alle vierzehn Tage hinaus, um dort zu predigen und nahm mich dann öfter mit, was immer ein Fest für mich war, denn ich spielte während der Zeit mit Walter Flemming, oder wir trieben uns in dem grossen obstreichen Garten der Anstalt herum und manchmal hielten wir uns auch in dem kleineren ummauerten Theile des Gartens auf, wo die Irren sich im Freien bewegten. Diese machten mir damals keinen besonderen Eindruck, nur fiel es mir auf, dass die einen viel lebhafter und andere wieder viel stiller waren als gewöhnliche Menschen. Nur einmal, als wir durch den grossen Garten gingen, drängte es sich mir auf, dass wir uns in einem Irrenhause befanden. Wir begegneten einer Dame mit starrem Gesichtsausdruck, die von einer Wärterin begleitet, sich im Freien erging. Sie mochte nun wohl sich für die Vernünftige und uns für die Irren halten, denn so lange sie uns sehen konnte, rief sie uns mit gellender Stimme zu: »Ihr Narren! Ihr seid ja Narren!« Sie wurde von der Wärterin sanft nach dem Hause hingeleitet, doch in der Thür drehte sie sich noch einmal um und rief so laut sie konnte: »Ihr seid ja Narren!« Dieser Ruf gellt mir noch heute im Ohr.

Doch das waren vergangene Zeiten, jetzt wohnte der Medizinalrath Flemming mit seiner Familie schon lange in Schwerin in einem freundlichen Hause mit hübschem Garten und ich fühlte mich dort besonders wohl, denn dort interessirte man sich lebhaft für Wissenschaft, Kunst und Literatur und man kam mir freundlich entgegen, was nicht immer der Fall war bei einem so rauhen Schäflein, für das ich damals wohl allgemein gehalten wurde. Ich empfand es tief, dass Walter Flemming mich auch nach dem Abgange von der Schule ferner seines Umganges würdigte, denn ich hielt grosse Stücke auf ihn, auf sein Urtheil und sein poetisches Talent und es war mir damals klar, dass wenn aus einem von uns einmal ein wirklicher Dichter werden sollte, nicht ich das sein würde. Als ich noch in Tertia war, hatten wir als deutschen Aufsatz einmal die Aufgabe, ein Stück aus dem Ovid im Versmasse des Originals wiederzugeben. Walter Flemming und ich hatten das am besten gemacht und sein Aufsatz wurde der Klasse vom Lehrer vorgelesen. Er hatte dieselbe Neigung für das Burleske wie ich, und mein »Prinz Sternkobold« war damals eigentlich nur entstanden, weil mich Walter Flemmings Trauerspiel »König Schulze« dazu angeregt hatte. Doch nun legte ich ihm auch die ernsthaften Gedichte, die jetzt entstanden, vor, aus seinem Urtheile Belehrung ziehend, und ich kann darum wohl sagen, Walter Flemming ist mein erster Kritiker gewesen. Dies Verhältniss setzte sich durch unsere Studienzeit und länger fort und einer meiner ersten Gänge war immer zu ihm, wenn ich einmal wieder nach Schwerin kam. Später hatten wir keine Gelegenheit mehr uns zu sehen und erst in neuerer Zeit haben wir in gemeinsamer Erinnerung an die fernen Jugendtage uns brieflich einander wieder genähert. Er ist jetzt Professor der Anatomie in Kiel.

So in solchen Bethätigungen und Bestrebungen gingen die anderthalb Jahre dahin und im Herbst 1860 reiste ich dann, achtzehn Jahre alt, nach Hannover, um das Polytechnikum zu besuchen.

4 Hannover.

Die Reise nach Hannover war damals noch nicht so einfach wie jetzt. Der nächste Weg ging über Lauenburg, bis wohin die Bahn führte. Dann setzte man zu Kahn über die Elbe, was im Winter bei Eisgang z. B. seine Schwierigkeiten hatte und zuweilen mit Gefahr verbunden war. Darauf fuhr man etwa zwei Meilen mit der Post bis Lüneburg, wo es einen langen Aufenthalt gab, den man benutzen konnte, die alte Stadt und ihre hübsche nähere Umgebung zu besehen. Besonders die hochgelegene Wallpromenade fand ich sehr schön und es gab dort allerlei zu betrachten. Gleich zuerst, als ich dort war und nachher immer wieder fiel mir das Lied aus Heines »Heimkehr« ein, das also lautet:

> Mein Herz, mein Herz ist traurig,
> Und lustig leuchtet der Mai,
> Ich steh gelehnt an der Linde,
> Hoch auf der alten Bastei.
>
> Da drunten fliesst der blaue
> Stadtgraben in stiller Ruh';
> Ein Knabe fährt im Kahne
> Und angelt und pfeift dazu.
>
> Jenseits erheben sich freundlich
> In winziger, bunter Gestalt,
> Lusthäuser und Gärten und Menschen
> Und Ochsen und Wiesen und Wald.
>
> Die Mädchen bleichen Wäsche
> Und springen im Gras herum;
> Das Mühlrad stäubt Diamanten,
> Ich höre sein fernes Gesumm.
>
> Am alten grauen Thurme
> Ein Schilderhäuschen steht;
> Ein rothgerockter Bursche
> Dort auf und nieder geht.
>
> Er spielt mit seiner Flinte,
> Die funkelt im Sonnenroth,
> Er präsentirt und schultert –
> Ich wollt', er schösse mich todt.

Warum mir dies, abgesehen von seinem vielangefochtenen Schlusse, vortreffliche Gedicht dort einfiel, ja geradezu einfallen musste, war mir damals schon klar, denn es malte mit wunderbarer Lebendigkeit die Aussicht, die man von dieser hochgelegenen Wallpromenade hatte. Es machte mir grosses Vergnügen, als ich viele Jahre später las, dass Heine dieses Lied bei seinem Aufenthalte in Lüneburg gedichtet hat.

In Hannover hatten Freunde schon eine Wohnung für mich besorgt. Sie lag in einer Strasse der Aegidienvorstadt, deren Namen ich vergessen habe, in einem kleinen einstöckigen Hause eine Treppe hoch und bestand aus einem winzigen Stübchen und einer noch kleineren Schlafkammer. In meiner Erzählung »Leberecht Hühnchen« habe ich sie als dessen Wohnung geschildert und die Schlafkammer war wirklich so klein, dass, wie es dort heisst, ich auf dem Bette sitzend mir die Stiefel nicht anziehen konnte, wenn ich nicht vorher die Thür zum Wohnzimmer öffnete.

Von der ersten Zeit meiner Anwesenheit in Hannover ist sehr wenig in meinem Gedächtniss geblieben, erst vom zweiten Vierteljahre ab fliessen meine Erinnerungen. Es hielten sich ziemlich viele Mecklenburger dort auf, von denen sich eine Anzahl zusammenfand und sich gewöhnte am Sonnabend mit einander zu kneipen. Einige Hannoveraner und Angehörige anderer Landestheile gesellten sich dazu und so entstand allmählich eine sogenannte farbentragende »Blase«, die sich »Obotritia« nannte und grün-weiss-roth trug. Dieses Stadium aber dauerte nicht lange, denn alsbald richtete die Landsmannschaft »Slesvico-Holsatia« ihr Augenmerk auf die neue Blase und trat mit uns in Verhandlungen ein, die mit so feierlicher Wichtigkeit geführt wurden, dass die Erinnerung daran mich noch zur Ehrfurcht stimmt und mich mit Stolz erfüllt, dass ich gewürdigt war an so wichtigen historischen Ereignissen theilzunehmen. Da die Landsmannschaft Frisia vor kurzemzu Grunde gegangen war und die Holsatia mit den Corps in einem Verhältniss stand, das in der Studentensprache mit einem unsalonmässigen Ausdruck bezeichnet wird, und gegenseitiges Ignoriren zur Vorschrift macht, so hatte diese Verbindung kein Paukverhältniss, das heisst keine Körperschaft, mit deren Mitgliedern sie sich schlagen konnte. Um diesen höchst betrübenden Zuständen ein Ende zu machen, knüpfte also die Landsmannschaft Slesvico-Holsatia Unterhandlungen an zu dem Zwecke die Obotritia zu bewegen, sich als Landsmannschaft aufzuthun. Damit hatte sie Erfolg; am 17. März 1861 ging dieses Ereigniss unter grosser Feierlichkeit vor sich, indem wir die mecklenburgischen Farben »blau-gelb-roth« wählten. Die nächste Folge war natürlich eine Menge von Contrahagen, deren sechsunddreissig noch bis zu den Sommerferien zum Austrag kamen. Ich war es, der die Waffen der neuen Verbindung noch in dem Gründungsmonat einweihte. Ein kleiner »Blutiger« war das Resultat, auf das ich sehr stolz war. Ich konservirte die winzige Schramme durch sachgemässe Behandlung so wohl, dass sie noch heute zu sehen ist. Im Uebrigen war das Verhältniss zwischen den beiden Verbindungen sehr freundschaftlich. Zum Zwecke, die nöthigen Paukereien zu Stande zu bringen, wurde von Zeit zu Zeit eine sogenannte Contrahirkneipe angesetzt, bei der die Mitglieder der beiden Verbindungen in bunter Reihe durcheinander sassen, und wo es ganz gemüthlich zuging. Da nämlich unsere geheiligten Prinzipien die Bestimmungsmensur der Corps oder das einfache: »Ich wünsche mit Ihnen zu hängen« verboten, und jeder Kontrahage eine sogenannte Beleidigung vorhergehen musste, so wurde dies auf der Contrahirkneipe in aller Behaglichkeit besorgt. Man fand einfach irgend eine Aeusserung eines Mitgliedes der Gegenparthei »merkwürdig«. Dieser verfehlte nicht, das für »sonderbar« zu halten, worauf man nicht umhin konnte, diese seine Meinung für »unverschämt« zu erklären, was er nun wieder »dumm« fand. »Dumm« war Tusch, man ging zu den beiden Paukwarten, die nebeneinander sassen und diese trugen den Fall in ihre Notizbücher ein.

Die Mensuren fanden jeden Sonnabend früh auf dem Paukboden statt, der allen hannövrischen Verbindungen gemeinschaftlich diente. Es wurden zwar pro forma zwei Füchse als Wachen ausgestellt, doch war das eigentlich nicht nöthig, denn die Polizei kümmerte sich um diese Angelegenheiten garnicht. Freilich kamen auch solche Ausschreitungen nicht vor, wie sie heute an der Tagesordnung sind, wo man auf der Mensur steht, so lange man kann und sich erst abführen lässt, wenn man vor Blutverlust ohnmächtig wird. In Hannover hatte der Doktor Klingenberg die Abfuhr zu erklären, und da er ein verständiger Mann war, dem nebenbei an überflüssig vielem Nähen nichts lag, so erklärte er bei einem irgendwie anständigen Schmiss sofort Abfuhr. So kam es, dass ich bei meiner zweiten Mensur mit einem überlegenen Gegner auf den vierten Hieb »abgestochen« wurde. Als Doktor Klingenberg dann beim Nähen an die durchhauene Lippe kam, sagte er: »Nun komme ich an die Nerven, womit man die süssen Küsse fühlt, wenn Sie nun in Ohnmacht fallen wollen, geniren Sie sich nicht«. Ich that ihm den Gefallen aber nicht. Er war durch die viele Uebung ein Künstler in seinem Fache, denn er fungirte bei allen hannövrischen Verbindungen als Paukarzt und hat dort etliche Jahre später unter grosser Feierlichkeit das Fest seiner tausendsten Mensur gefeiert. Er nahm auch an allen grossen Verbindungskommersen Theil und sein alterthümliches Blumentopf-Cerevis war von all den unzähligen Landesvater-Schlägern wie ein Sieb durchlöchert. Ich sehe ihn noch immer vor mir, wie er seine Instrumente zurechtlegt und dann schmunzelnd und die Hände umeinander reibend näher tritt mit der Frage: »Nun, werden wir heute etwas Interessantes haben?«

Gingen dann einmal zwei gute Schläger mit einander los, so folgte er den Gängen mit Kennermiene und genoss sie wie ein Feinschmecker die Gänge eines guten Mittagsessens. Es wird vielleicht manchen Wunder nehmen, wenn er hört, wer damals der beste Schläger in unserer Verbindung und wahrscheinlich in ganz Hannover war. Er hiess Körting und war kein anderer als einer der jetzigen Besitzer der weltberühmten Maschinenfabrik in Körtingsdorf bei Hannover, einer der bedeutendsten Industriellen Deutschlands, ja man kann wohl sagen der Welt.

Mit einem damaligen Burschen der Holsatia, der seitdem sehr bekannt geworden ist, verbindet mich ebenfalls eine Erinnerung an solche Jugendthorheit. Ich hatte ihm den linken Nasenflügel durchgeschlagen und darüber gerieth er bei seinem etwas hitzigen Temperament in solchen Zorn, dass er in der Aufregung anfing flach zu schlagen, so dass ich von der in solchem Falle stark federnden Klinge fortwährend wie mit einer Reitpeitsche auf den Kopf getroffen wurde. Doch trotzdem diente mir dies zum Heile, denn als einmal einer dieser flachen Hiebe sass, bekam ich nur eine unschädliche Schramme, die vom Ohr bis zu der Nase reichte. Wäre dieser Hieb scharf gewesen, so wäre mir das halbe Gesicht auseinander gespalten worden. Begegne ich jetzt diesem Manne, dem bekannten Kirchenbaumeister Geh. Rath Otzen, wie es zuweilen geschieht, in Berlin auf der Strasse, so spielt, wenn wir uns begrüssen, um unsere Mundwinkel noch immer ein leises Augurenlächeln gemeinsamer Erinnerung. Im zweiten Jahre meiner Anwesenheit in Hannover stieg ich zu der Würde eines Fuchsmajors auf und hatte die Füchse in die Geheimnisse des Komments und in alle die Kenntnisse einzuweihen, die einem braven Burschen unentbehrlich sind. Ich brachte zu diesem Amte einige Fähigkeiten mit und in jener, die ein Haupterforderniss dieser Stellung ist, wurde ich nur von meinem Leibfuchs Fritz Salfeld erreicht, der allerdings ein Talent ersten Ranges war.

Ich machte in Hannover, eine Art Mauserungsprozess durch, denn damals hatte ich noch eine Eigenschaft, die mir seitdem ganz fremd geworden ist, nämlich eine kindische Freude daran, aufzufallen. Ich besass die grössten Kanonenstiefel, die man jemals in Hannover gesehen hat, trug einen Rock, den mir der Schneider nach meinen eigenen Ideen erbaut hatte, knüpfte mein Halstuch in eine ungewöhnlich geniale Schleife und meine Tabakspfeife war beinahe so lang wie ich selber. Dies Monstrum, das früher in einem Schweriner Drechslerladen als Schaustück gedient hatte, war mir von einigen Freunden gemeinschaftlich dedizirt worden. Die hörnerne Schwammdose war über einen Fuss lang und die Spitze noch viel länger und wenn ihr ungeheurer, mit dem Verbindungswappen gezierter Kopf mit Tabak gefüllt war, hielt dieser fast für den ganzen Kneipabend vor. Wenn ich mir jetzt meine damalige lange hagere Gestalt vorstelle, wie sie mit dem Cerevis auf dem Kopfe, der kühnen Schleife am Halse, in dem sonderbaren Rock, der noch dazu überall ein wenig zu kurz und zu eng war, und mit den fabelhaften Kanonen an den dünnen Beinen durch die Strassen von Hannover stelzt, da kriecht es mir noch immer über die Seele wie leise Beschämung.

Mir fiel ausser dem Amte des Fuchsmajors auch die Herstellung der Bierzeitung zu, obwohl ich nicht der eigentliche Redakteur dieser feuchten Wochenschrift war. Aber dieser, Heinrich Muhl mit Namen, ebenfalls ein Mecklenburger, verbummelte die Sache meistens und dann musste ich am Sonnabend Abend eine Stunde vor der Kneipe heran, um mit fliegender Feder der Homer unserer Thaten zu sein. An Stoff mangelte es nie, besonders nicht, als wir die berühmte Spritze nach Hildesheim gemacht und in dieser guten Stadt unermesslichen Unfug getrieben hatten, so dass wir vorzogen, am anderen Tage zu Fuss nach Nordstemmen zu wandern, weil wir fürchteten auf dem Bahnhofe arretirt zu werden. Wir hatten durch einen Gänsemarsch aus den Fenstern des Rathskellers, nächtlichen Kampf mit Zigarrenarbeitern, Abdecken eines Häuschens, aus dem schliesslich eine scheltende Alte hervorkam, Beseitigung einer

Bachbrücke, Reiten auf Kühen der städtischen Heerde und dergleichen mehr dort viele unsterbliche Thaten verrichtet, die nun ihres Sängers harrten. Der schöne Stoff hielt über ein viertel Jahr vor. Diese Bierzeitung hatte den Vorzug, dass sie ganz ausgezeichnet illustrirt war durch ein Mitglied unserer Verbindung, das aus Stettin stammte, und Maschinenbauer werden wollte. Später sattelte er um und ging nach Düsseldorf um sich zum Maler auszubilden, wo er als der berühmte Illustrator Grotjohann vor Kurzem gestorben ist.

Mit einigen anderen machte ich einmal im ersten Jahre meiner Anwesenheit in Hannover einen Ausflug nach dem Thiergarten, woselbst sich ein beliebtes Vergnügungslokal befand. Dort wurde auf dem Rasen getanzt und bei dieser Gelegenheit lernten wir einige Mädchen kennen, die unter dem Schutz des Bräutigams der einen das Lokal besuchten. Es waren zwei Schwesternpaare; das eine bestand aus der Braut mit ihrer weit jüngeren sechzehnjährigen Schwester, die Hanchen hiess, und von dem zweiten war die eine fast eine Schönheit zu nennen, die andere dagegen hatte röthliches Haar, Sommersprossen und etwas aufgeworfene Lippen und war schon stark in den zwanzigern. Da ich nicht tanzte sah ich zu und dabei gefiel mir Hanchen ausnehmend. Als wir später drinnen an einem Tische sassen und Bier tranken und die Damen mit Limonade traktirten, musste ich sie immer ansehen. Die anderen waren sehr lebhaft und gesprächig, sie aber sagte kein Wort und sass da mit bescheidener Demuth, obwohl sie nach meiner Meinung die holdeste und schönste von allen war. Da es beschlossene Sache war, den Mädchen unseren Schutz angedeihen zu lassen bei'm Nachhausewege, so sicherte ich mir beim Aufbruch Hanchens Begleitung, indem ich sie mit einer mir sonst garnicht eigenen Kühnheit bat, Sie nach Hause führen zu dürfen. Mit einer lieblichen Neigung des Hauptes willigte sie ein, und während die Damen nun gingen, ihre Mäntel zu holen, passte ich auf wie der ihrige aussah, denn es war draussen schon dunkel geworden, und ich wollte mir das als Erkennungszeichen merken. Der Mantel war weiss mit feinen braunen Streifen, und beruhigt ging ich hinaus, um zu warten. Nach einer Weile kamen die Damen nach einander heraus. Da, die Dritte trug den braungestreiften Mantel, hatte aber wegen der Nachtkühle den Schleier herabgelassen. Wie klug hatte ich gethan mir das Kleidungsstück zu merken, das sie kenntlich machte. So graziös wie ich konnte, bot ich ihr meinen Arm. Sie sah mich an, zögerte ein wenig und hakte ein. Dann wanderten wir alle durch die schweigende Nacht dem Bahnhof zu. Ich war ganz verwundert wie gesprächig das vorhin so stumme Mädchen geworden war; sie führte die Unterhaltung, die keinen Augenblick abriss und sich über alles Mögliche erstreckte. Wir kamen auch auf einige sentimentale Lieder, die damals beliebt waren. Besonders gefiel ihr eins, das sie auswendig wusste und mir mit viel Empfindung vorsagte. Es war das bekannte, das also schliesst:

> »Ob sie wohl kommen wird,
> Zu beten auf mein Grab?
> Sie weiss, dass ich sonst keinen
> Für mich zu beten hab.«

So verging die Zeit bis zum Bahnhof viel zu schnell. Dort war grosser Andrang und wir beeilten uns Stühle für unsere Damen herbeizuschaffen. Als ich glücklich einen erobert hatte und zu der meinen wieder zurückkehrte, hatte sie den Schleier zurückgeschlagen und ich sah mit Schrecken, dass ich die Hässliche mit den Sommersprossen erwischt hatte, und bemerkte zugleich Hanchen in der Begleitung eines andern. Beide Mädchen trugen Mäntel, die genau einander gleich waren. Doch ich konnte mich nicht lange meinen Empfindungen hingeben, denn in diesem Augenblick lief der schon ziemlich besetzte Zug ein und wir hatten Noth alle unterzukommen. Es war mir garnicht unangenehm, dass ich bei dieser Gelegenheit von meiner Dame getrennt wurde. Auf dem Bahnhofe in Hannover angelangt, hatte ich nichts Eiligeres zu thun, als mich bei Hanchen zu entschuldigen. »O, das schadet garnichts!« sagte sie sehr naiv. Ich aber in deutscher Treue brachte meine Dame, die unglücklicher Weise auch noch in dem vom Bahnhof weit entfernten Linden wohnte, nach Hause und liess mir nichts von meiner Enttäuschung merken.

Die Bekanntschaft spann sich weiter, da wir uns im Odeon wiedertrafen, einem sehr beliebten Konzertgarten, wo wir alleabonnirt waren. Ich brachte dann Hanchen gewöhnlich nach Hause, während die Schwester mit dem Bräutigam voranwandelte. Der Weg war ziemlich weit und führte durch blühende Vorstadtgärten, um deren schwarze Baumwipfel die Nachtschmetterlinge surrten, während ein Duft von Nachtviolen und Jelängerjelieber die stille Luft erfüllte. Die Stimmung eines solchen

Abends liegt ausgedrückt in einem Gedichte, das viel später entstanden ist:

Erinnerung.

Wie war die schöne Sommernacht
So dunkel, mild und warm. –
Wie schrittest du so still und sacht
Gelehnt auf meinen Arm.

Von Ferne klang, man hört' es kaum,
Musik mit leisem Schall.
Im blüthenduft'gen Gartenraum
Sang eine Nachtigall.

Ein holdes schweigendes Verstehn
War zwischen mir und dir,
Ein selig Beieinandergehn,
Und glücklich waren wir.

Die schöne Zeit, sie liegt so weit –
Verweht wie eitel Schaum.
Sie liegt so weit die schöne Zeit,
Versunken wie ein Traum.

Wie schrittest du so still und sacht,
Gelehnt auf meinen Arm –
Wie war die schöne Sommernacht
So dunkel, mild und warm.

Im Grunde aber war es mit dem gegenseitigen Verstehen wohl gar nicht so weit her, denn es stellte sich bald heraus, dass Hannchen zwar ein schönes Kind, aber ein rechtes kleines Gänschen war. Eines Abends, als wir aus dem Odeon traten, stand der grosse Komet von 1861 gerade in seinem vollen Glanze vor uns. Wir sprachen über ihn und ich meinte, der Komet von 1858 sei doch viel grösser gewesen. Hannchen sah mich erstaunt an und sagte: »Haben Sie den auch gesehen? Sie waren doch damals noch garnicht in Hannover.«

Ich war sehr erschrocken, fasste mich aber, so gut ich konnte, und antwortete ganz ruhig: »Er war auch bei uns zu sehen.« »Ach!« sagte sie, aufrichtig verwundert.

Das war so eine von den kleinen Naivitäten, die meine beginnende Zuneigung jedesmal mit kaltem Wasser begossen, so dass sie schliesslich ausgelöscht wurde und ich vermied, das Odeon wieder zu besuchen.

Ausser einigen Liedern und anderen Gedichten schrieb ich fast nichts in dieser Zeit. Sehr wenige, ich glaube nur zwei davon, habe ich in meine Sammlungen aufgenommen und eins von diesen »die Rose im Thal,« das am 20. August 1861 entstand und den seligen Uhland zum Grossvater hat, ist wohl am meisten komponirt worden von allen meinen Liedern. Zuerst von Ferdinand Hiller, dann von Wüerst, Abt und sehr vielen anderen. Noch jetzt begegnen mir von Zeit zu Zeit immer wieder neue Vertonungen dieses Jugendliedes. Ausserdem entstand der Anfang einer Erzählung, in der mein Freund und Verbindungsbruder Karl Hohn eine Rolle spielen sollte. Es ist mir jetzt merkwürdig, dass ich mich schon damals damit beschäftigte, diesen zum Helden einer Erzählung zu machen. Karl Hohn ist nämlich das Urbild zu der Figur meines Leberecht Hühnchen und wir haben uns in Hannover einmal fast genau so, wie es in der kleinen Erzählung geschildert wird, für dreissig Pfennige einen fidelen Abend gemacht. Er war ein Küstersohn aus Mecklenburg und hatte sich in Lüneburg, wo er vorher das Gymnasium besuchte, auf's Aeusserste durchgeschlagen, ohne jemals den guten Muth zu verlieren. Auch hier in Hannover war sein Wechsel sehr gering. Aber immer ging etwas wie Sonnenschein von ihm aus und er wusste Allem eine heitere Seite abzugewinnen. An schnurrigen Vorstellungen und Erfindungen konnte er sich ungemein ergötzen. Einmal sass er am Fenster seiner Wohnung, die an einem grossen Platze gelegen war, sah auf diesen und die wenigen Leute, die in der Ferne vorübergingen, hinaus und lachte vor sich hin. Ich fragte ihn, warum er so vergnügt sei.

»O,« sagte er, »ich stelle mir vor, dass ich meine Nase ganz fix und weit ausschnellen und wieder einziehen könne, so dass ich den alten dicken Onkel dort hinten oder die lange magere Tante die dort geht, damit auf die Schulter tippen könnte. Wie sie sich dann verwundert und erschrocken umsehen und niemand da ist.«

Er beschäftigte sich damals in seinen Mussestunden mit der Erfindung von allerlei Menschen für besondere Zwecke, die er sorgfältig aufzeichnete. Ich erinnere mich noch an den

Kampfmenschen und an den Reisemenschen, die beide mit einer Unzahl von zweckmässigen Erfindungen ausgestattet waren. Solche kleine harmlose Verrücktheiten ergötzten ihn sehr. Auch stammt von ihm aus jener Zeit die Erfindung des berühmten eisernen Ofens, der aufgezogen wird, in der Stube auf Gummischuhen so lange herumläuft, bis er warm ist und sich dann in die Ecke stellt und heizt.

Ich wohnte im ersten Jahre in der Nähe des Gartenkirchhofes, der, nebenbei sei es bemerkt, das berühmte Grab enthält, eine der grössten Merkwürdigkeiten Hannovers. Auf dem schweren Leichensteine steht die Inschrift: »Dieses Grab ist auf ewig erkauft und darf nie geöffnet werden.« Eine Birke ist aber zwischen dem Steine und seiner Unterlage aufgewachsen und hat allmählich immer stärker werdend, diesen halb abgewälzt.

In der Geisterstunde einer kühlen etwas nebligen Mondscheinnacht kamen wir über diesen Kirchhof, setzten uns auf den breiten Deckstein eines der vielen Grabgewölbe und plauderten noch ein wenig mit einander. Ringsum standen in dem ungewissen Dämmer des Mondschein-Nebels all die vielen weissen Kreuze und Denksteine und wir beschlossen zu versuchen, ob wir uns nicht das Gruseln beizubringen vermöchten. Aber obwohl wir gegenseitig unsere ganzen Schätze von Gespenstergeschichten auskramten, es wollte nicht helfen. Das eine Bein meines Freundes befand sich in der Nähe eines der vergitterten Luftlöcher, die sich an den Seiten solcher Gewölbe finden und ich sagte, als alles Andere nicht helfen wollte: »Was würdest du thun, wenn nun aus diesem Loche eine Knochenhand hervorlangt, mit eisernem Griffe dein Bein packt und nicht wieder los lässt?

Aber auch dies machte keine Wirkung. Schliesslich kam das Gruseln gerade wie in dem bekannten Märchen »Von einem der auszog, das Fürchten zu lernen,« durch äusserliche Umstände an uns. Nämlich von unten durch den kalten Leichenstein, auf dem wir sassen. Die Nacht war kühl; uns begann zu frösteln und froh, es endlich doch noch zum Gruseln gebracht zu haben, wanderten wir nach Hause.

Während meines Aufenthaltes in Hannover starb mein Vater, der schon vor Jahren an einem Lungenleiden erkrankt war und zu seiner Heilung mehrfach die Bäder von Lippspringe und Salzbrunn besucht hatte. Da nun meine Mutter nach Ablauf des sogenannten Gnadenjahres ihre Einnahme sehr eingeschränkt sah, und ich in

Hannover ziemlich viel gebrauchte, so ward im Familienrathe besonders auf Betreiben meines Onkels Adolf, der überhaupt nichts von diesem Studium hielt, beschlossen, dass ich wieder in eine Fabrik eintreten sollte, um noch mehr praktische Kenntnisse zu sammeln, und mich eventuell, wie es seinem Ideal entsprach, von unten auf empor zu arbeiten. So wurde ich denn um Ostern 1862 »eingeheimst« und trat als Lehrling in die kleine Maschinenfabrik von Kaehler in Güstrow ein. Ich fand mich leichter, als man denken sollte in diesem Sturz von der Höhe eines freien Burschen zu dem Stande eines Fabrikarbeiters, weil ich stets die Gabe besessen habe, mich in das Unvermeidliche ohne Murren zu fügen, denn:

> »Was man nicht ändern kann,
> Wie es auch zwickt ...
> Der ist am besten dran,
> Der sich drein schickt!«

Es ist bisher wenig von meinem Vater die Rede gewesen und das wohl aus dem Grunde, weil dieser vielbeschäftigte Mann fast nie Zeit hatte, sich mit uns abzugeben, so dass wir mit ihm meistens nur als mit der obersten Strafgewalt in Berührung kamen. Wenn ich ihn mir vorstelle, sehe ich ihn immer am Schreibtisch über seine Arbeit gebeugt, wie er mit so kleiner und enger Schrift, Blätter röthlichen Konzeptpapiers bedeckt, dass sie von Ferne wie liniert aussahen. Er lud sich zu seinen reichlichen Amtsgeschäften noch alles mögliche Andere auf, so dass er immer tief in der Arbeit steckte und fand sich dann einmal ein Mussestündchen, so war es seinen poetischen Versuchen geweiht.

Im Kreise seiner Amtsgenossen und Freunde war er ein vortrefflicher Gesellschafter und Geschichtenerzähler und als Kanzelredner fand er den grössten Beifall, wobei wohl seine nicht gewöhnliche poetische Begabung eine Rolle spielte.

Ich habe erst nach seinem Tode erfahren, dass er meinen dichterischen Versuchen mit der grössten Theilnahme gefolgt ist. Meine Schwester Frieda hatte den Auftrag, ihm Alles abzuschreiben und mitzutheilen, durfte mir aber nie etwas davon sagen.

So wenig ich nun im Leben mit meinem Vater in Berührung gekommen bin, so oft habe ich nach seinem Tode von ihm geträumt und zwar war der Traum in seinen Grundzügen immer derselbe:

Mein Vater war nicht wirklich begraben, sondern an seiner Statt ein mit Steinen beschwerter Sarg, während er selber weit fort gegangen war und in einem fernen Gebirge als Fusswanderer lebte. Dadurch hatte er seine Gesundheit wieder erworben, und trotzdem er sehr hager war, besass er eine braune kräftige Gesichtsfarbe und einen elastischen Schritt. Die Sehnsucht, seine Familie zu sehen, zog ihn von Zeit zu Zeit zurück, aber dass er noch lebte, war ein tiefes Geheimniss, und Niemand durfte es wissen. Nach kurzem Aufenthalt wanderte er dann wieder fort. Einst hatte ich wieder diesen Traum und zwar mit der Variation, dass man ihm auf der Spur sei und er verborgen werden müsse. Wir brachten ihn in ein grosses unterirdisches Waarengewölbe, wo immer ein Keller in den anderen mündete und suchten nach einem Versteck zwischen den unzähligen Kisten und Waarenballen, die dort geschichtet lagen. Dabei hörten wir fortwährend die Leute gehen und sprechen, die ihn suchten. Endlich war die Gefahr vorüber, und wir brachten ihn an das Meer und nahmen Abschied von ihm. Ueber das Meer war eine Holzbrücke geschlagen, die sich gegen den Horizont in der Ferne verlor. Er nahm seinen langen Wanderstab, der höher war, als er selbst, fasste ihn etwa in zwei Drittel der Länge und ging, bei jedem Schritt den Stab aufstützend, auf die Brücke hinaus. Wir standen am Ufer und sahen ihm nach, wie er immer kleiner und kleiner wurde, bis er endlich als ein Pünktchen in der Ferne verschwand. Seitdem ist dieser Traum nicht wiedergekehrt.

5. Güstrow.

In der guten alten Vorderstadt Güstrow, die unter den mecklenburgischen Städten den Ruhm für sich beansprucht ein Klein-Paris zu sein und sich auch wirklich durch die Heiterkeit und Lebenslust ihrer Bewohner auszeichnet, befanden sich zwei Maschinenfabriken, eine grössere neue, die sich auf alles Mögliche einliess und eine ältere kleine, die noch von dem berühmten Alban, dem Erfinder des oscillirenden Dampfcylinders und des nach ihm benannten Kessels eingerichtet worden war, jetzt aber einem Herrn Kaehler gehörte und hauptsächlich landwirtschaftliche Maschinen und Theile für Mühlen baute. Die Arbeiten dieser Fabrik genossen bei den Landleuten grosses Ansehen, denn sie waren ungemein solide und es ging die Sage, sie wären garnicht kaput zu kriegen. Mit Herrn Kaehler war mein Onkel bekannt und hatte mich dort untergebracht. Ich wohnte ganz in der Nähe, in einem kleinen Gasthofe, wo ich eine nicht heizbare geweisste Kammer innehatte, die ausser dem Bette nur die allernothwendigsten Möbel enthielt. Wollte ich an Winterabenden mich eines warmen Zimmers erfreuen, so musste ich mich unten in dem Gastzimmer aufhalten, das übrigens seinen Namen umsonst führte, denn es waren niemals Gäste darin, und es diente der Familie des Wirthes, die aus Mann, Frau und einer fast erwachsenen Tochter bestand, als Wohnstube. Ausserdem gehörten zum Hause ein Dienstmädchen, ein Knecht, das nöthige Vieh, ein alter fetter Teckel und ein Kanarienvogel, der die seltsame Eigenschaft besass, sofort ohnmächtig von der Stange zu fallen, wenn man ihn von seinem gewohnten Platze über der Thür fortnahm. Wenn in diesem Hause mal jemand logirte oder in die Gaststube irgend ein unwissender Fremdling einkehrte, der sich durch das Wirthshausschild dazu hatte verleiten lassen, so war das immer eine aufregende Geschichte. Auch lag den Leuten gar nichts daran, denn sie waren sehr bequem und in ihrer Weise wohlhabend; ausserdem gehörte zu dem Gasthause eine einträgliche kleine Landwirthschaft. Nur zu den Zeiten der Märkte kehrten dort seit alter Zeit eine Menge Viehhändler ein; dann war das ganze Haus gefüllt mit behäbigen Rosstäuschern, und es wurde eine Masse von Fischen verzehrt, auf deren Bereitung die Hausfrau sich gut verstand. Danach trat immer wieder eine oft monatelange Stille ein, und wenn dann, wie es öfter geschah, die Damen abends ausgegangen waren, sass ich unten bei dem alten kleinen und rundlichen Wirthe und erheiterte ihn durch Mittheilungen aus dem reichen Schatze meiner Erfahrung. Denn in seinen Augen war ich ein weitgereister Mann und hatte ein gutes Stück von der Welt gesehen. Fühlte er sich dann ganz besonders erheitert, so erhob er sich wohl schwerfällig und ging langsam an den Schrank, wo seine Flaschen standen, und sagte mit einem Tone herablassender Freigebigkeit: »Herr Seidel, will'n S'n lütten Rum drinken?« Dies war das Zeichen seiner höchsten Anerkennung, und noch immer bin ich stolz darauf, dass es mir an einem Abend gelang, ihn durch allerlei Erzählungen aus meiner Studienzeit so zu erheitern, dass seine Seele schmolz und er sich zum zweiten Mal erhob und schmunzelnd fragte: »Herr Seidel, will'n S' noch'n lütten Rum drinken?« Ich machte mir zwar gar nichts aus diesem Getränk, aber einen solchen höchsten Grnadenbeweis auszuschlagen, das ging doch auch nicht.

Da ich in der Lokomotiv-Reparaturwerkstätte nicht viel gelernt hatte, so fing ich mit einem sehr geringen Lohne an, mit fünfzig Pfennig täglich. In den zwei Jahren, die ich dort arbeitete, habe ich es aber so weit gebracht, dass ich in der Woche drei Thaler verdiente, und es freut mich noch immer, mit meiner Hände Arbeit einmal so viel erworben zu haben.

Mit den Arbeitern wusste ich mich gut zu stellen, was unter solchen Umständen gar nicht so ganz leicht ist, denn im Grunde war ich doch weiter nichts als ein Lehrling, der für Lohn arbeitete, und meine ganze soeben verflossene Burschenherrlichkeit war hier keinen Pfifferling werth. Aber es waren fast lauter gute, wohlwollende Leute, und an die meisten denke ich mit Vergnügen zurück. Besonders schloss ich mich an den Drehermeister an, der in seiner Art ein ganz gebildeter Mann war und für alle möglichen Dinge Interesse hatte. Ausserdem besass er eine grosse Geschicklichkeit, ins Auge gedrungene Eisensplitter wieder zu entfernen, und da dies in einer solchen Fabrik alle Augenblicke vorkommt, so konnte er diese Kunst oft genug zur Anwendung bringen. Es war hübsch zu sehen, wie zart seine harten Arbeiterfinger bei solcher Gelegenheit zu Werke gingen. Mit manchen wurde ich schwerer fertig, z. B. mit dem Bockenheimer, der von der Grobheit, für die seine Ortsgenossen in ganz Deutschland bekannt sind, sein redliches Theil mitbekommen hatte. Doch zähmte ich schliesslich auch diesen durch Geduld und gleichmässige Behandlung, und schliesslich wandte auch er sich, wie die anderen, in Fällen, wo ihnen Zweifel aufstiessen oder ihre Kenntniss nicht ausreichte, an meine höhere Belesenheit um Belehrung. Er fragte mich nämlich eines Tages, ob Romantiker solche Leute wären, die Romane schrieben. Dabei sprach er die ersten zwei Silben wie das Wort Roman aus und legte nachher den Ton auf das i. Ich glaube, es ist mir nicht gelungen, ihm die Bedeutung dieses Wortes klar zu machen, zumal sie mir selbst damals noch recht düster war.

Eine Stufe tiefer als die Handwerker der Fabrik standen die Arbeitsleute; diese hielten sich zu einander und bildeten eine Gruppe für sich. Wenn sie beim Frühstück oder Versperbrot zusammensassen und ihr Schwarzbrot mit Speck und Eiern oder sonstigem soliden Zubrote verzehrten, hörte ich oft ihren behäbigen Gesprächen zu. Während die Handwerker sich über alle möglichen Themata unterhielten, kannten diese nur drei Gesprächsstoffe, und diese hiessen: »Dat Tüftenland, dat Swin, und dat Stäm'mraden.« Damit reichten sie das ganze Jahr. Den Frühling füllte das Kartoffelland und das Gedeihen dieser nützlichen Knollenfrucht, dann im Sommer trat das Schwein hinzu, ob es sich »futterte« oder nicht »futterte«, und wer eins von letzterer Sorte besass, dem nagte tiefer Kummer am Herzen. Diese beiden Stoffe hielten bis in den Herbst und Winter vor, und dann kam das Ausroden der beim Schlagen der Bäume stehengebliebenen Wurzelstöcke an die Reihe, denn auf diese Art verschafften sie sich ihre Feuerung. So kamen sie allmählich wieder an das Kartoffelland, und die Sache fing wieder von vorn an.

Mit Herrn Kaehler hatte man selten oder nie etwas zu thun; der kleine behäbige grau gekleidete Mann schob sich nur zuweilen auf Filzschuhen durch die Fabrik und mischte sich niemals irgendwo ein. Alles besorgte Herr Buddig, sein Werkführer, ein von Gicht oder Rheumatismus ganz gekrümmter Mann, der an Krücke und Stock ging, trotzdem aber von einem feurigen Geiste erfüllt war und wenn er von einem Gedanken ergriffen wurde mit ganz merkwürdiger Geschwindigkeit durch die Arbeitsräume humpeln konnte. In der ganzen Fabrik gab es keine Zeichnung, Alles wurde nach alten Modellen und mündlichen Angaben ausgeführt. Man schrieb Herrn Buddig den Ausspruch zu: »'n beten mit Kried up'n Ambos, dat's dei beste Teiknung«.

Wurde einmal ausnahmsweise für die Giesserei ein neues Modell gebraucht, so hockte Herr Buddig, der selber früher Tischler gewesen war, so lange in der Tischlerei bis nach seinen Angaben und durch vieles Probieren das Ding endlich zu Stande kam.

Seine Hauptpassion war die grosse Eisenhobelmaschine. An die liess er Niemand heran als höchstens einmal den ersten Vorarbeiter und alle wichtigen Stücke hobelte er selbst. Ich sehe noch immer sein weisses Haar und seine grossen Brillengläser aus der etwas finstren Ecke leuchten, wo die grosse Hobelmaschine aufgestellt war. Herr Buddig war auch ein Erfinder und hatte eine Aufhängung für Kirchenglocken erdacht, die zwar jetzt allgemein bekannt ist, damals aber ganz neu war. Er hatte den Balken an dem die Glocke aufgehängt wird aus Eisen konstruirt und bügelförmig nach unten geführt, so dass die Axe, um die die Glocke sich schwang, dicht über ihrem Schwerpunkte lag. Dadurch wurde erreicht, dass grosse Glocken, die sonst schwer in Schwingung zu versetzen sind und dabei den Thurm, in dem sie aufgehängt sind, sehr erschüttern, ganz leicht bewegt werden konnten und zudem ihre Aufhängepunkte nur wenig durch Seitenkräfte in Anspruch genommen wurden. Herr Buddig hatte sich eine kleine Kirchenglocke verschafft und betrieb die Herstellung dieser neuen Aufhängung mit mächtigem Eifer und grosser Sorgfalt. Endlich war es soweit, die Glocke war im oberen Balkenwerk der Fabrik aufgehängt und an dem Tragbügel ein seitlicher Arm befestigt, von dem ein Strick hernieder hing. Das Läuten konnte nun losgehen. Und es ging los! Ich sehe noch immer den kleinen verkrüppelten Mann, wie er mit leichter Hand den Glockenstrang bewegt und ein Leuchten des Triumphes von seinem Antlitz strahlt. Ja, seine Brillengläser sogar schienen mir noch einmal so stark zu funkeln als gewöhnlich. Er konnte sich garnicht genug erfreuen an der spielenden Leichtigkeit, mit der sein Apparat arbeitete und noch oft am Tage humpelte er eilfertig dorthin und läutete mit verklärtem Gesichtsausdruck. Zuletzt holte er sich ein Kind herein, ein kleines Mädchen, und als dieses nun mit einer Hand den Strick bewegte und die Glocke sich schwang und ihre Töne durch die Fabrik hallten, da strahlte das alte gleichsam aus Holz geschnitzte Gesicht wie eitel Sonnenschein.

Ich erwarb mir im Laufe der Zeit seine Zufriedenheit, was er aber niemals äusserte, sondern nur von Zeit zu Zeit durch eine Lohnzulage ausdrückte. Diese erfuhr ich nur dadurch, dass er mir mehr Geld hinlegte als ich bisher zu fordern hatte, mich über seine Brillengläser hinweg ansah und grinste.

Zu Anfang hatte ich einiges Heimweh nach Hannover und den Freunden, die ich dort gelassen hatte, und wenn ich an meinem Schraubstock stand und schrubbte – wie man das Arbeiten mit den groben Feilen nennt –, so summte ich wohl zu dem Takte der Feilstriche für mich hin: »O, alte Burschenherrlichkeit, wohin bist du verschwunden?« und mit wahrer Inbrunst konnte ich mir eine Szene ausmalen, wie ich heimlich nach Hannover zurückgekehrt, den Hut ins Gesicht gedrückt und in einen Mantel gehüllt, gleich dem grossen Unbekannten auf der Bühne, an einem Sonnabend Abend in die Kneipe treten würde, wo meine Verbindungsbrüder versammelt waren. Wie sie dann verwundert hinblicken würden auf den geheimnisvollen Fremdling, bis dieser plötzlich Hut und Mantel von sich wirft und nun erkannt und jauchzend begrüsst wird.

Doch auch noch manchen anderen Allotriis hing ich nach während solcher Arbeiten, die gerade keine besondere geistigeAufmerksamkeit erforderten, und in meine Sammlung »Glockenspiel« habe ich ein Gedicht aufgenommen, das damals beim Schraubenschneiden entstanden ist. Es lautet:

Weisse Rose.

Weisse Rose, weisse Rose!
Träumerisch
Neigst du das Haupt.
Weisse Rose, weisse Rose,
Balde
Bist du entlaubt.

Weisse Rose, weisse Rose,
Dunkel
Drohet der Sturm.
Im Herzen heimlich,
Heimlich
Naget der Wurm.

Der Kenner wird bemerken, dass der Rythmus des Schraubenschneidens vollständig in das Gedicht hineingekommen ist.

In dieser Zeit las ich mit besonderer Vorliebe Sternes Tristram Shandy viele Male hintereinander. Ausserdem holte ich mir Bücher aus einer Leihbibliothek, die in einer engen Strasse lag, die der grüne Winkel hiess. Diese Bibliothek befand sich in einem höchst sonderbaren düsteren Giebelhause und es roch darin wundervoll muffig nach alten Büchern. Hatte ich mich abends über den vollständig dunklen Flur getappt, einzig geleitet von einem feinen Lichtschimmer, der durch eine Thürritze fiel, dann fand ich in dem sehr mässig erhellten Räume hinter dem Ladentische einen sonderbaren kleinen Mann, der ein Aussehen hatte wie ein recht alter, abgegriffener und viel gelesener Leihbibliotheksband. Neben ihm sass seine Frau und strickte. Sie sah ebenso aus, nur dass sie ein wenig anders eingebunden war. Wenn ich dann im Katalog blätterte oder mir Bücher vorlegen liess, kratzte es wohl am Fenster, die Frau öffnete es, und herein kam würdevoll eine wunderschöne Katze. Die Frau und die Katze begrüssten sich mit einem Blick liebevollen Einverständnisses, dann legte sich diese auf den Ladentisch und spann, während die Stricknadeln der Frau leise dazu klirrten. Manchmal hatte ich mit dem Alten ein kleinesGespräch über Literatur, wovon er, wie fast alle Leihbibliothekare, natürlich gar nichts verstand. Einmal verlangte ich einen Band von Tieck. Seufzend stieg der Brave die Leiter hinauf bis zum obersten Borte, wo eine lange Reihe von Bänden dieses Romantikers aufmarschirt war in Uniformen, die noch fast wie neu waren.

»Da stehen sie nun und fangen Staub«, sagte er. »Jetzt fragen sie einmal nach und verlangen einen Band, aber sonst kommt das in zehn Jahren nicht vor. Es wäre besser, die Bücher wären nie geschrieben!«

Unterdess war Karl Hohn, der vorher in Hamburg beschäftigt gewesen war, nach Güstrow gekommen, da er auf dem technischen Bureau der anderen grösseren Fabrik eine Stellung gefunden hatte. Er wohnte bei einer Wittwe Sprenger, die früher bessere Tage gekannt hatte und sich nun durch Waschen von feiner Wäsche und dadurch durchbrachte, dass sie junge Leute in Kost und Wohnung nahm. Ich zog jetzt ebenfalls dorthin, obwohl ich nun bis zur Fabrik einen weiteren Weg hatte und mit meinen ölgetränkten englischledernen Hosen einen grösseren Theil der Stadt durchwandern musste. Bei dieser Frau führten wir das lustigste Leben von der Welt. Ich habe dort mit allen möglichen Leuten zusammen gewohnt, mit Photographen, Buchdruckern, Schmiede- und Zimmergesellen, und es waren die nettesten Leute darunter. Wie viele Menschen wissen, was ein Schweizerdegen ist? Ich weiss es, denn ich habe mit einem solchen auf einem Zimmer gehaust. So nennt man einen Drucker, der zugleich Setzer ist, und solche werden verlangt in den kleinen Druckereien, wo einer alles machen muss.

Hier wurde durch das tägliche Zusammenleben die Freundschaft mit Karl Hohn noch mehr befestigt. Mit einer gewissen Rührung erinnere ich mich noch, wie gleich in der ersten Zeit, als wir beide eines Abends im Bette lagen, der sonst so sonnige Mensch mir mit tiefem Kummer eine romantische Liebesgeschichte erzählte, die er in Hamburg erlebt und die mit der Untreue der Geliebten geendigt hatte. Wie ich dann über den schmalen Gang, der unsere Betten trennte, hinweg ihm die Hand reichte und ihm die seine stumm drückte. Aber Hohn war nicht der Mann, sich lange Zeit stillem Gram hinzugeben und wie gesagt, wir führten dort das lustigste Leben. Die Verpflegung konnte für den geringen Preis, den wir zahlten, natürlich nicht glänzend sein, und es ist mir jetzt noch ein Räthsel, wie Mutter Sprenger dafür überhaupt das möglich machte, was sie leistete. Was war es denn aber auch für ein Fest, wenn unser aller Lieblingsgericht, Beefsteak mit Pellkartoffeln auf den Tisch kam. Schon allein das grosse Wettpellen, das jedesmal stattfand, war ein Sport, der uns sehr erheiterte. Ich habe damals eine solche Uebung im Kartoffelpellen erlangt, dass ich es jetzt noch mit jeder Köchin aufnehme. Mit Vergnügen erinnere ich mich auch jener heiteren Winterabende, wo uns schwelgerische Gelüste kamen und wir uns ein herzhaftes Stück guten mecklenburgischen Schinkens und eine halbe Flasche Arak holen liessen und dann, nach leckerem Mahle, jeder in einer Ecke des alten Sophas sitzend köstlich duftenden Grog tranken, wozu wir uns mit krausen Phantasiespielen unterhielten oder unsere alten schönen Studentenlieder sangen. Zuweilen kamen auch junge Mädchen zu Besuch und dann wurden Pfänderspiele veranstaltet und Tollheiten getrieben, aber alles in den Grenzen erlaubter Heiterkeit.

Ich konnte des Zusammenlebens mit meinem Freunde mich nicht sehr lange mehr erfreun, denn er erhielt eine bessere Stelle in Hannover. Dort habe ich ihn später noch einmal gesehen, als ich zum fünfjährigen Stiftungskommers meiner Verbindung hinüberreiste und seitdem nicht wieder. Doch im Briefwechsel standen wir noch lange und schreiben uns noch zuweilen. Er ging später nach Kampen in Holland und heirathete eine Holländerin. Jetzt ist er schon lange Oberingenieur einer grossen Maschinenfabrik in Feijenoord bei

Rotterdam. Kürzlich theilte er mir mit, dass eine seiner Töchter sich mit einem niederländischen Marineoffizier verlobt habe.

Ich hatte nun zwei Jahre in der kleinen Fabrik gearbeitet und da Hohn fortging, gelang es mir an seiner Stelle auf dem Konstruktionsbureau der anderen Fabrik als Zeichner anzukommen, und zwar, da ich noch gar nichts konnte, mit dem ausserordentlich geringen Anfangsgehalte von zehn Thalern monatlich. Es war eben ein neuer Oberingenieur angestellt worden, der ein aussergewöhnliches Talent in seinem Fache war und bei dem ich in einem Jahre soviel lernte, wie später nie in meinem Leben wieder in einer gleich kurzen Zeit. Als ich meine erste Zeichnung ablieferte, schüttelte er lächelnd den Kopf und fragte: »Sie haben wohl noch nie gezeichnet?« »Nein,« sagte ich. Bei der zweiten Zeichnung suchte ich die Mängel so gut es ging zu verbessern, und als er sich diese betrachtete, fragte er: »Haben Sie wirklich noch nie gezeichnet?« »Nein,« antwortete ich wieder. »Hm,« machte er mit dem Tone der Anerkennung. Damit hatte er mich gefangen und nun ging es reissend schnell vorwärts, so dass ich nach anderthalb Jahren ziemlich selbständig arbeitete und mein Gehalt auf dreissig Thaler monatlich gestiegen war.

Es zeigte sich hier schon die Erscheinung, dass es mir stets besser gelang, vor der praktischen Aufgabe zu lernen, als in einer Schule. Ich möchte sagen, es giebt geborene Autodidakten, die nur richtig gedeihen, wenn sie ihren Weg allein gehen und deren bester Lehrer das Leben ist.

In dieser Fabrik wurde alles Mögliche gebaut, gewöhnliche Dampfmaschinen, Wasserhaltungsmaschinen, Werkzeugmaschinen der verschiedensten Art, Mühlen und landwirtschaftliche Maschinen von allen Sorten, Ziegelmaschinen, eiserne Dächer und wer weiss, was sonst noch. Man konnte in Folge dessen dort viel lernen. Zuweilen aber, besonders im Sommer, war flaue Zeit und dann hatte man auf dem Bureau oft weiter nichts zu thun, als die Stunden abzusitzen. In solcher Zeit schrieb ich im Jahre 1864 mein erstes Märchen, ein »Sommermärchen« in die leeren Räume eines fast gefüllten Notizbuches. Ich schickte es später an die »Jahreszeiten«, die in Hamburg erschienen und bereits einige Gedichte von mir gedruckt hatten. Die »Jahreszeiten« wurden in Güstrow, ich glaube für einen Journalzirkel, gehalten und jeden Sonntag war mein erster Gang in die Buchhandlung, wo man mir gestattete, die soeben angekommenen Nummern einzusehen. Ende Juni 1865 war es, als ich in dieser Buchhandlung die berauschende Thatsache erfuhr, dass mein Märchen wirklich und wahrhaftig gedruckt war.

Solche Empfindung ist bekanntlich nur mit der ersten Liebe zu vergleichen. Das vergilbte alte löschpapierene Blatt besitze ich noch und wenn ich es heute betrachte, so erinnere ich mich mit einer gewissen Wehmuth des unbeschreiblichen Wonnegefühls, das diese bedruckten Seiten in mir erzeugten, als ich sie zum ersten Male erblickte.

Ich hatte nun immer gehört, dem Schriftsteller gebühre ein Honorar oder Ehrensold für Arbeiten auf dem Gebiete der allgemein geschätzten Prosa, für Gedichte dürfe man das allerdings nicht verlangen. Ich schrieb darum einen Brief an die Redaktion der Jahreszeiten mit der bescheidenen Anfrage, wie es damit stünde. Ich bekam die sehr höfliche Antwort, das Honorar für einen Bogen der »Jahreszeiten« betrage fünf Thaler und wie ich wohl gesehen hätte, arbeiteten dafür die besten Schriftsteller gerne mit. Bei dem Umfange meines kleinen Beitrages von drei Seiten würde das Honorar nach diesem Satze nur 1 7/8 Thaler betragen haben und das hätten sie doch nicht gewagt, mir anzubieten.

Ich sah ein, dass dieser sogenannte Ehrensold eher ein Schandsold zu nennen war, und konnte nicht umhin, die Berufsschriftstellerei von nun ab für einen ziemlich nahrungslosen Berufszweig zu halten.

Mein erstes Honorar sollte ich erst einige Jahre später beziehen und zwar bekam ich es in Naturalien. Ich hatte für einen Freund, einen Müllerssohn, ein Polterabendgedicht für die silberne Hochzeit seiner Eltern gemacht und dies hatte so gut gefallen, dass die braven Leute für mich an ihren Sohn zwei wundervolle riesige Spickaale schickten. Mein Freund brachte mir nun einen und gestand dann: »Eigentlich sünd't twei west, äwer den annern heww ick glik upfreten.« Wenn mein Freund nicht leider früh gestorben wäre, so hätte er später eine literarische Agentur aufthun müssen; das nöthige Talent dazu hatte er, wie man aus diesem kleinen Zuge sieht.

In Güstrow passirte zu meiner Zeit folgende wahre Geschichte: Es war einmal eine Frau, die hatte zwei Töchter. Die eine davon hiess Luise, war sechzehn Jahre alt, schlank wie ein Reh und hatte grosse braune »fragende« Augen. Sie wohnte in einem hübschen Hause, das an einer Strasse, die in's Feld führte, das letzte war. Der Garten hinter dem Hause war durch eine lebendige Hecke von einem vorüberlaufenden Feldwege geschieden. In der Hecke war eine Lücke und im Garten eine Laube. In dieser Laube sass sehr oft des Abends, wenn es schon dunkel war, ein junger Mann, der dort eigentlich garnichts verloren hatte. Nun schlug es in der Stadt neun von verschiedenen Thürmen und die »Diebsglocke« wurde geläutet, was ein uralter Gebrauch war. Dann war es wieder still und in dieser Stille konnte man vernehmen, wie in der Gegend des Hauses leise, ganz leise, eine Thür klinkte. Dann hörte ein aufmerksames Ohr wohl ein Rauschen von Kleidern, die an die Büsche zur Seite des Gartenweges streiften; kurze Zeit darauf erschien eine schlanke Gestalt am Eingang der Laube und verschwand darin. Dann war weiter nichts vernehmlich als das Flüstern der Blätter oder waren es menschliche Stimmen? Das soll viele Abende so gewesen sein. Der junge Mann hat später Gedichte herausgegeben und unter diesen findet sich eins, das also lautet:

Die Sommerwolke.

Als du mir vorüberschwebtest
Gestern um die Mittagszeit –
Eine weisse Sommerwolke
Schienst du mir im lichten Kleid.

Lachtest so verlockend lieblich
Und dein Blick verhiess mir Glück,
Freundlich, war dein grüssend Neigen –
Schautest gar nach mir zurück!

Einer weissen Sommerwolke
Glichest du mein zartes Kind
Und ich weiss wie unbeständig
Weisse Sommerwolken sind!«

Eines Abends sass der junge Mann in der Laube und wartete vergeblich. Als das noch ein zweites Mal geschah, wusste er, dass das von ihm so gern vernommene Läuten der Diebsglocke nun seine gewohnte Bedeutung für ihn verloren habe. Er soll sein Schicksal mit Fassung getragen haben. Ein Jahr später heirathete Luise einen Zigarrenfabrikanten aus Bremen.

Gleich zu Anfang als ich nach Güstrow kam, trat ich in den Männerturnverein und ward eins seiner eifrigsten Mitglieder. Man kann sich denken, wie es zur Ausbildung des Körpers beiträgt, wenn man den ganzen Tag von morgens sechs bis Abends sieben Uhr körperlich arbeitet und dann zur Erholung intensiv turnt. Ich zeichnete mich besonders am Reck und im Springen aus und erwarb mir damals unter dem Namen »Springer Seidel« bei Gelegenheiten von Turnfesten und sonstigen Zusammenkünften der Turnvereine eine Art Provinzialberühmtheit, denn in allen Arten des Springens, hoch, weit, mit der Stange und über Bock, Pferd oder Sturmlaufbrett fand ich nie einen Gegner, der nur annähernd mitkam. Ich sprang damals einundzwanzig von meinen Füssen oder 6,2 Meter weit.

Das Turnen stand zu jener Zeit überall in hoher Blüthe und der Güstrower Verein war damals der Sammelplatz von jungen Leuten aus allen Ständen. Sehr hübsche Feste und Aufführungen mit lebenden Bildern, Theateraufführungen und dergleichen wurden veranstaltet. Ich selbst trat einmal als Akrobat und Feuerfresser auf und erwarb mir durch Verzehren von brennenden Lichtern ungeheuren Ruhm. Später wurde ich Turnwart des Vereins und hatte dann immer sechzig bis siebzig Mann unter meinem Kommando. Dies Alles aber nahm im Frühling des Jahres 1865 ein jähes Ende, als mich plötzlich ein heftiger Blutsturz befiel, der sich mehrfach wiederholte und sich nach einigen Monaten von neuem einstellte. Darnach schickte mich der Arzt meiner Mutter nach Görbersdorf in Schlesien und als ich fortging, sagten fast alle, die mich kannten, zu sich: »Der kommt nicht wieder«, so miserabel sah ich aus. Der berühmte Doktor Brehmer in Görbersdorf sah meinen Zustand nicht so ängstlich an, was mich sehr beruhigte, denn ich hatte auch ein wenig das Gefühl, dies sei der Anfang vom Ende. Nach der Untersuchung wollte ich mir ein wenig die Gegend ansehen, worauf ich sehr begierig war, denn ich war noch nie im Gebirge gewesen und stieg auf einen benachbarten kleinen Berg, der mit bequemen Wegen versehen war und von dem man in eine weite fruchtbare, von einzelnen bewaldeten Höhen durchzogene Ebene blickte, die, wie ich nachher erfuhr, schon zu Böhmen gehörte. Nachher an der allgemeinen Tafel wurde ich mit meinen Nachbaren bekannt und erzählte, wo ich gewesen war. »Was,« sagte der eine, ganz erstarrt, »Sie waren ja auf dem Reichmacher. Was wollen Sie hier eigentlich? Die meisten, die hier sind, haben wohl den höchsten Wunsch, es so weit zubringen, dort hinauf zu gehen, aber die wenigsten können es. Ich selbst war auch noch nicht oben«. Man mag daraus ersehen, in welchem Zustande die meisten Lungenkranken schon sind, wenn sie in solche Kurorte gehen.

Mir bekamen die eiskalten Douchen und die reichliche Ernährung, verbunden mit Ungarwein in Görbersdorf sehr gut; nach sechs Wochen pustete ich dem Doktor die Glocke seines Spirometers aus dem Wasser, was sich noch nie ereignet haben sollte, und reiste ganz rundlich und mit einer Farbe, »wie das Braun vom Brote« wieder nach Güstrow, wo man mich mit vergnügtem Erstaunen begrüsste. Das Turnen aber gab ich auf den Rath des Arztes und zu meinem grossen Leidwesen für immer auf.

6. Berlin.

Nachdem ich viereinhalb Jahr in Güstrow gelebt hatte, begab ich mich im Herbst des Jahres 1866 nach Berlin, um auf der Gewerbeakademie noch einige Jahre zu studieren. Unter den Linden standen noch in Reihen die Kanonen der Siegesstrasse und ich kam gerade um die Zeit in diese Stadt, von der aus ihr fast beispiellos schnelles Aufblühen beginnt. Damals gefiel mir Berlin sehr wenig, da es mit den meisten seiner Einrichtungen hinter seiner Grösse zurückgeblieben war und in vielen Hinsichten oft von weit kleineren deutschen Städten übertroffen wurde.

Obwohl ich in Güstrow gewiss nicht verwöhnt worden war, so fühlte ich doch instinktiv, dass vieles anders sein müsse, und dass Berlin damals nicht viel mehr war, als ein ungeheuer grosses Dorf.

Wer diese Stadt kennt, wie sie jetzt ist, kann sich davon schwer einen Begriff machen, hat sich doch allein seine Bevölkerung in den 28 Jahren, die seitdem vergangen sind, um eine ganze Million vermehrt, wobei die ungeheure Bevölkerungszunahme der vielen Vororte und Villenkolonien noch garnicht in Betracht gezogen ist. Charlottenburg allein zählt jetzt über hunderttausend Einwohner gegen damals etwa achtzehntausend.

Zuerst fühlte ich mich recht einsam in Berlin, doch dies besserte sich bereits nach dem ersten Vierteljahr, als ich mehr Bekannte gewonnen hatte. Im zweiten Jahre meines Aufenthaltes erhielt ich eine Empfehlung an meinen Landsmann, den Professor der Kunstgeschichte Friedrich Eggers, dessen Vorträge in der Gewerbeakademie mich aufs höchste anzogen. Ich besuchte ihn und ward dann nach kurzer Zeit von ihm zum Mittagessen eingeladen. Dort fand ich noch zwei andere Mecklenburger, den jetzigen Professor Gustav Flörke in Rostock und Ernst Ziel, später bekanntlich Redakteur der Gartenlaube. Beide studierten damals an der Berliner Universität. Nach dem Essen führte uns Eggers in den literarischen Sonntagsverein, genannt: »Tunnel über der Spree«, und da gefiel es mir ungewöhnlich gut. Zwar war der Tunnel damals schon im Niedergang begriffen, und nur noch ein Abglanz seiner einstigen Bedeutung schmückte ihn wie ein Abendroth vergangener schönerer Zeit. Am 3. Dezember des Jahres 1827 von M. G. Saphir und dem Schauspieler Lemm nach dem Vorbilde der »Ludlamshöhle« in Wien gegründet, war er anfangs eine Art Ulkverein gewesen, hatte aber im Laufe der Zeit eine ernsthaftere literarische Färbung angenommen und erinnerte nur durch einige beibehaltene Aeusserlichkeiten an seine humoristische Kindheit, so durch seinen Schutzpatron Eulenspiegel und seine Symbole, die Eule der Weisheit, die in der einen Kralle den Spiegel der Wahrheit, und in der anderen den Stiefelknecht der Narrheit trug. Die eine Zinke dieses Stiefelknechtes lief in ein Ziegenohr aus und bedeutete »unendliche Ironie«, die andere in einen Schafskopf und sollte »unendliche Wehmuth« vorstellen. Der Vorsitzende führte den Titel »Angebetetes Haupt« und trug als Zeichen seiner Würde einen ungeheuren Stab, der mit einer bronzenen Eule gekrönt war. Durch Aufstossen mit diesem Stabe wurden die Sitzungen eröffnet und geschlossen, auch diente dasselbe Zeichen als »Glocke des Präsidenten«. Gespräche über Religion und Politik waren verboten, und Rang oder Stand gab es ebenfalls nicht, denn jedermann ward einfach bei seinem Tunnelnamen genannt, der zu seinem bürgerlichen Berufe, seiner Persönlichkeit oder seiner Art zu dichten in irgend einer Beziehung stand. So hiess z.B. Putlitz, der in der Zeit zwischen seiner Schweriner und Karlsruher Intendantenstellung dem Tunnel angehörte, »Thespis«, Menzel wurde »Rubens« und Fontane »Lafontaine« genannt. Mit Ausnahme des Sommers kam man an jedem Sonntagnachmittage um fünf Uhr bei einer Tasse Kaffee zusammen, und das Tagewerk bestand nach Verlesung des Protokolles der vorigen Sitzung und Erledigung etwaiger geschäftlicher Angelegenheiten in der Beurtheilung der von Mitgliedern und »Runen« vorgetragenen Dichtungen. Diesen Namen führten die Gäste, wahrscheinlich weil sie dem Tunnel noch unbekannt und noch nicht genügend entziffert waren. Auf eine reiche Vergangenheit konnte der Verein in dieser Hinsicht zurückblicken, denn in seinem Kreise waren – um nur einige zu erwähnen – Dichtungen zuerst an das Licht der Kritik getreten, wie »Grad aus dem Wirthshaus komm ich heraus« von dem späteren Kultusminister von Mühler, »Der Page und die Königstochter« von Geibel, »Die Schlacht bei Waterloo« von Scherenberg, »L'Arabbiata« von Heyse und »Archibald Douglas« von Fontane. Um noch einige bekannte Namen aufzuzählen, die dem Vereine angehört hatten oder damals noch angehörten, so erwähne ich Strachwitz, Herlossohn, Kugler, Kaulbach, Schneider (Vorleser des Königs), Dahn, Gildemeister, v. Lepel, Hosemann, Taubert, Hummel, Küken, Woltmann, Rudolf Löwenstein, Lazarus, Friedberg (der spätere Minister) etc. Zur Zeit seiner Blüthe schweifte wohl jeder Mann von Bedeutung in Berlin, der zur Literatur in irgend einer Beziehung stand, durch den Kreis des Tunnels. Auch Storm verkehrte dort mehrfach während seines Potsdamer Aufenthaltes. Die Dichtungen, die zum Vortrag kamen, wurden »Späne« genannt und nach scharfer Kritik durch Abstimmung mit den Urtheilen: »sehr gut, gut, verfehlt, ziemlich, oder schlecht« gekennzeichnet. Die höchste Anerkennung des Tunnels bestand in Akklamation, die durch allgemeines Scharren mit den Füssen ausgedrückt wurde. Dies kam ziemlich selten vor. Bei der Kritik nahm man kein Blatt vor den Mund, und für nervöse Poeten war dieser Verein kein Ort, denn unter Umständen sass man höllisch auf dem Verwunderungsstuhl. Gern erzählt wurde folgende kleine Geschichte: Jemand hatte ein ziemlich fades inhaltloses Lied vorgetragen und dumpfe Stille herrschte rings im Umkreise, denn niemand mochte mit dem Henkeramte beginnen. Endlich sagte eine mitleidige Seele: »Nun, zur Komposition vielleicht wohl geeignet!« – »Aber als Lied ohne Worte!« fiel sogleich ein anderer ein und die Sache war abgethan. Mir selbst ging es einmal ähnlich so erbärmlich mit einem dreistrophigen Liede, das einer schwachen Stunde seinen Ursprung verdankte. Zuerst kam einer und wollte die letzte Strophe als überflüssige Wiederholung beseitigt haben, dann rieth ein anderer, auch die zweite zu entfernen, und schliesslich meldete sich ein dritter zum Wort und sagte mit behaglichem Schmunzeln: »Ganz ausserordentlich aber würde nach meiner Ansicht das Lied gewinnen, wenn sich der Dichter entschliessen könnte, nun auch noch die erste Strophe zu streichen.«

Solche Bosheit trat aber doch nur ausnahmsweise zu Tage, und wie schon gesagt, mir gefiel es in diesem Verein so gut, dass ich mich bald zur Aufnahme meldete und dann unter dem Namen »Frauenlob« eines der fleissigsten Mitglieder wurde. Im Jahrgang 1868/69 kamen allein von mir 68 »Späne« zur Beurtheilung.

An jedem dritten Dezember wurde das Stiftungsfest feierlich begangen durch eine Festsitzung mit darauf folgendem Abendessen. Dann erschienen die »Makulaturen«, das heisst die dichtenden Mitglieder des Tunnels sowohl wie die »Klassiker«, das heisst die nicht dichtenden, in höchster Galla, nämlich mit dem Tunnelorden geschmückt, einer zinnernen Medaille, die an einem schottisch karrirtem Bande im Knopfloch getragen wurde. Die Festsitzung bestand der Hauptsache nach in der Erledigung der

Immermanns-Konkurrenz. Das verstorbene Mitglied des Tunnels, der Kammergerichtsrath Wilhelm von Merckel, der den Vereinsnamen »Immermann« führte, hatte ein kleines Kapital gestiftet, dessen Zinsen an diesem Abend, dem glücklichen Sieger im Kampfe nicht der Wagen, aber doch der Gesänge zufielen. Die oft zahlreichen Gäste pflegten sich für diesen Kampf und die dabei vorkommenden Urtheile sehr zu interessiren und waren nur zuweilen etwas erstaunt über die Schärfe, mit der diese ausgesprochen wurden. Ja, wer mit einem schwächlichen Produkt in die Arena getreten war, hatte einen schlechten Stand und musste sich im Angesichte holder Frauen und lieblicher Mädchen sehr unangenehme Dinge sagen lassen. Ich gewann diesen Preis mehrere Male, fiel aber dafür auch zu anderer Zeit wieder so ab, dass ich nachher genöthigt war, eine Flasche Wein extra zu trinken, um meine Beschämung wieder weg zu spülen. An dieser Konkurrenz betheiligte sich damals fast regelmässig der alte Christian Friedrich Scherenberg, der im Tunnel den Namen »Cook« führte. Wenn er den Preis gewann, blieb er wohl zum Abendessen, im anderen Falle wurde er sehr missmuthig und plötzlich war er verschwunden.

Nach erledigter Arbeit kam dann das Vergnügen, nämlich das Abendessen mit allerlei gemeinschaftlich gesungenen Liedern, einer Reihe von vorgeschriebenen Trinksprüchen, natürlich alle in Versen und Aufführungen dramatischer oder musikalischer Art. Mit ganz besonderem Vergnügen erinnere ich mich an eine Leistung des alten Emil Taubert, der im Tunnel »Dittersdorf« hiess und bekanntlich ein vortrefflicher Klavierspieler und Improvisator war. Der Pariser Rothschild und Rossini waren gerade im Jahre 1868 fast gleichzeitig gestorben und ein Tunnelmitglied hatte ihnen bei der Festtafel einen witzigen Nachruf gehalten, indem er allerlei Parallelen zwischen diesen beiden grossen R's zog. Kaum war er damit fertig, so eilte Taubert an das Klavier, präludirte und begann eine entzückende Improvisation über die beiden Themen »Das Gold ist nur Chimäre« von Meyerbeer und »Wünsche ihnen wohl zu ruhen« aus dem »Barbier von Sevilla« Rossini's. Wie er die beiden Melodien durcheinanderflocht, ja sie gleichzeitig brachte, war entzückend. Das war ein Nachruf, den sich die beiden berühmten Männer schon gefallen lassen konnten.

Ich kann wohl sagen, dass ich in formeller Hinsicht sehr viel im Tunnel gelernt habe, denn obwohl die Beurtheilungen der meist älteren Herren ein wenig zur Pedanterie neigten, so gab es in dieser »Singschule« doch einige vortreffliche »Merker«, denen nichts entging. Dem Deutschen, der eine angeborene Neigung hat, den Inhalt über die Form zu stellen, ist eine formelle Schulung viel nöthiger als dem Romanen, der leicht in den entgegengesetzten Fehler verfällt.

In dieser Zeit seines herbstlichen Verblühens, da ich den Tunnel kennen lernte, war seine Hauptstütze und sein eigentlicher Mittelpunkt der Professor Friedrich Eggers, derselbe, der mich dort eingeführt hatte. Er war geboren am 27. November 1819 in Rostock und erst nachdem er vier und ein halbes Jahr in der Kaufmannslehre ausgehalten hatte, einer für ihn sehr harten Zeit, setzte er es durch, sich dem Studium widmen zu dürfen, machte nachträglich sein Abiturientenexamen und studierte in Rostock, Leipzig, München und Berlin Geschichte und Archaeologie, schliesslich ganz zur Kunstwissenschaft übergehend. Als ich ihn kennen lernte, war er nahezu 48 Jahre alt und Professor der Kunstgeschichte an der Kunstakademie. Ausserdem hielt er Vorträge über denselben Gegenstand an der Bauakademie und an der Gewerbeakademie. Er war ein geborener Lehrer, wie ich wenige kennen gelernt habe. Er ging ganz in dieser Thätigkeit auf und wusste seine Zuhörer anzuregen, zu begeistern und mitzureissen. Seine Vortragskunst war ausserordentlich und lyrische Gedichte, die bekanntlich am schwersten zu rezitiren sind, habe ich von Niemandem besser gehört. Der Stil, in dem seine Vorträge ausgearbeitet waren, konnte nicht gerade vorzüglich genannt werden, denn in dem Bestreben möglichst viel zu sagen, hatte er eine Vorliebe für lange Perioden mit Einschachtelungen. In seinem Munde aber nahmen diese überladenen Sätze eine wunderbare Klarheit an und indem er bald scharf betonte, bald schnell dahineilte, bald durch eingefügte Schachtelsätze blitzartige Seitenlichter auf den dargestellten Gegenstand warf, merkte man gar nicht, welch ein Bandwurm sich da eigentlich vor einem entrollte. Durch diese Vorträge hat er tausende von jungen Leuten gefördert und angeregt, besonders in der Gewerbeakademie, wo er am liebsten vortrug und die begeistertste Zuhörerschaft hatte. Wie sehr er sich zum Lehrer berufen fühlte, spricht er selber aus in dem schönen Gedichte »Lobgesang«:

»Nicht mehr quält mich (was meine Jugend mir trübte)
Grausame Wahl des Berufs – nun bin ich berufen
Zu der schönsten Lebensarbeit – zum Lehren!

Er hatte eine sehr bedeutente dichterische Begabung wie zwei Bände Gedichte beweisen, die aber erst nach seinem Tode herausgegeben wurden und leider die ihnen gebührende Achtung noch nicht gefunden haben. Unter den Gedichten befinden sich Lieder, Balladen und Sinngedichte, die einfach ersten Ranges sind.

Für eine wahre Perle habe ich immer ein kleines lyrisches Gedicht gehalten, das er einst in einer schlaflosen Nacht in Erinnerung an seine schweren Jugendschicksale aufschrieb. Es lautet:

Klage.

Hinter mir, wie ein böser Traum,
Liegt meine arme Jugendzeit.
Schüttle den Baum, schüttle den Baum,
Kein süss Erinnern Blüthen schneit.

Fallen so grosse Tropfen gleich,
Fallen wohl in das grüne Gras;
Tropfen vom Baum, Tropfen vom Zweig –
O, was sind meine Augen so nass!

Dieses Gedicht vereinigt Unmittelbarkeit und Anschaulichkeit mit einander, es ist ein echt lyrischer Erinnerungsseufzer aus tiefster Brust. Ich glaube es hätte selbst vor den Augen Storms, der nur sehr wenige Gedichte unserer auf diesem Gebiete so reichen Literatur als echt lyrisch gelten liess, Gnade gefunden. Ich besitze dies Lied in seiner ersten Abschrift. Diese ist auf ein Blatt Papier geklebt, das noch die schrägen Bleistiftzüge, der ersten im Dunkeln gemachten Niederschrift trägt. Ein anderes Lied handelt:

Vom Wiedersehn.
Alles können sie ergründen
In den Tiefen, auf den Höhn –
Wann sich Sterne wiederfinden,
Wo sich Welten wiedersehn.

Von des Frühlings Wiederkehren
Wissen sie wohl Tag und Stund,

Könnten selbst den Stern belehren,
Der den rechten Weg nicht fund.

Geht er doch mit goldnem Schimmer
Ewig durch des Himmels Haus,
Fehlet nie und nutzet nimmer
Die gewohnten Gleise aus.

Nur, wenn zwei sich trennen müssen
Und wenn Eins vom Andern geht:
Frag die weisesten, sie wissen
Nicht, wann ihr euch wiederseht.

Den die Ferne dir genommen,
Der allein dem Herzen frommt,
Weisst du auch, nun muss er kommen,
Weisst du doch nicht, ob er kommt.

Man beachte die wunderbare Schönheit der mittelsten Strophe. Durch diese einfachen Worte sieht man das Weltall nach urewigen Gesetzen kreisen. Dergleichen findet nur ein wirklicher Dichter.

Auch unter den Balladen und Romanzen ist sehr viel Schönes. Ich will nur noch von den Epigrammen eins hersetzen, das bekannt und berühmt geworden ist und in seiner schlagenden Knappheit das auch wohl verdient. Es stand an dem Siemering'schen Germania-Denkmal der Siegesstrasse von 1871 und lautet:

Germania.

Nährhaft
Und wehrhaft,
Voll Korn und Wein,
Voll Stahl und Eisen,
Sangreich,
Gedankreich,
Dich will ich preisen,
Vaterland mein!

Dies ist nach meiner Meinung überhaupt das beste Gedicht, das diese Jahre nationaler Erhebung hervorgebracht haben.

Auch unter den plattdeutschen »Tremsen«, die von ihm und seinem Bruder Karl gemeinsam herrühren, finden sich besonders unter den erzählenden Dichtungen sehr schöne Stücke.

Friedrich Eggers wohnte damals, als ich ihn kennen lernte, in einem Hinterhause der Hirschel- (jetzt Königgrätzer-) Strasse drei Treppen hoch. Sein anziehendes Heim habe ich in Band I meiner Ges. Schr. in der »Sperlingsgeschichte« so ausführlich geschildert, dass ich das hier nicht wiederholen will. Dort war er für seine jungen und alten Freunde stets zu Hause, mit Rath und That zur Hand und zu gewünschter Belehrung stets bereit. So manchem jungen Künstler hat er die Wege geebnet und auch ich kann wohl sagen, dass er mein Leben in eine Bahn geleitet hat, die meine ganze Zukunft beeinflusste. Durch ihn wurde der junge obskure Student der Gewerbeakademie und spätere Fabriktechniker in Kreise eingeführt, die ihm sonst wohl verschlossen gewesen wären, durch ihn lernte ich seinen in Berlin lebenden Bruder den Rostocker Senator a. D. Dr. Karl Eggers kennen, der mir, dem gänzlich unbekannten Poeten, den Verlag meiner fünf ersten kleinen Bücher vermittelte, in dessen Familie ich meine zukünftige Frau kennen lernte und in dessen freundlichem Hause auf dem Karlsbade 11 ich nun schon seit über vierzehn Jahren wohne.

Ich habe nie einen Mann gekannt, der in aller Welt so viele Freunde hatte wie Friedrich Eggers. Und darunter waren viele mit Namen von hohem Klange. Ich will nur von den Poeten einige herausgreifen wie z. B. Storm, Wilbrandt, Geibel, Heyse, Roquette, Fontane und Scheffel. Mit dem letzten, der ihm von der Studienzeit her befreundet war, stand er noch immer in Briefwechsel. An jedem 29. Februar setzten sich beide hin und schrieben einander über die Ereignisse der letzten vier Jahre. Dies bringt mich auf die vielen drolligen und komischen Züge, die ihm anhafteten. Seinen sonderbaren Hass auf die Sperlinge habe ich in der bereits erwähnten »Sperlingsgeschichte« geschildert. Er war überhaupt kein Thierfreund.

Höchst merkwürdig war das ökonomische System, nach dem er seine Einnahmen und Ausgaben regelte. Er hatte einen Kasten mit vielen Fächern, die alle mit Ueberschriften versehen waren, wie z. B. Miethe, Kleider, Stiefel, Zigarren u.s.w. kurz alle möglichen Lebensbedürfnisse hatten jedes sein besonderes Fach. Im Laufe der Jahre hatte er sich nun vortreffliche Verhältnisszahlen ausgebildet, in denen alle diese Bedürfnisse zu einander stehen mussten und nach diesen Zahlen wurde jede Einnahme in die Fächer vertheilt. Betrug also z. B. eine Einnahme 300 Thaler und irgend eine der Sonderkassen war auf 5/100 davon angewiesen, so bekam sie in diesem Falle 15 Thaler. Ich habe ihn öfter über diesem Kasten sitzen sehen, grübelnd und mit Geld klimpernd. Zuweilen kam es nun vor, dass beim Bezahlen einer grösseren Rechnung der Bestand einer dieser Kassen nicht reichte. Dann pumpte sie bei einer besser situirten und gab ihr einen Schuldschein wie z. B.: »Die Kleiderkasse schuldet der Stiefelkasse soundsoviel.« Diese Schuldscheine mussten bei neu fliessenden Einnahmen wieder ausgelöst werden.

Er beklagte es oft, dass die Sitten der heutigen Zeit es dem Manne verbieten farbige Stoffe zu tragen und ihn zu einem eintönigen Schwarz, Grau, Braun oder stumpfem Blau verurtheilen. Er liess es sich aber nicht nehmen, sein farbenfreudiges Auge wenigstens an bunten Westen von Seide, Sammet oder anderen Stoffen zu ergötzen und besass davon eine grosse Sammlung. Hatte einer seiner jüngeren Freunde sich irgendwie ausgezeichnet oder sonst sein Wohlgefallen erregt, so ging er wohl würdevoll an die Kommode, wo diese Sammlung aufbewahrt wurde, kramte ein wenig darin und schenkte ihm feierlichst eine Weste. Das war eine Art von Ordensauszeichnung. Ich habe nie eine erhalten, vielleicht nur aus dem Grunde, weil sie mir doch nicht gepasst hätte, denn ich war viel grösser als er.

Friedrich Eggers ist nicht alt geworden. Im Mai des Jahres 1872 wurde er als Leiter der preussischen Kunstangelegenheiten ins Ministerium berufen, in welcher Stellung er, von Arbeit überlastet, sich nicht wohl fühlte und sich immer nach seiner geliebten Lehrthätigkeit zurücksehnte. Er starb noch im selben Jahre am 11. August, betrauert von Unzähligen.

Um diese Zeit hatte ich die Gewerbeakademie bereits längst verlassen und war im Herbst 1868 in die Wöhlert'sche Fabrik in der Chausseestrasse eingetreten, von wo aus ich nach anderthalb Jahren bei dem Neubau der Potsdamer Bahn eine Stellung annahm. In diesen und den folgenden Zeiten führte ich ein sonderbares Doppelleben, denn ich war ängstlich bemüht, meine praktische Berufsthätigkeit und meine poetischen Liebhabereien scharf auseinander zu halten. Ich habe jahrelang mit Leuten auf einem Bureau zusammen gearbeitet, ohne dass diese eine Ahnung davon hatten, dass meine Mussezeit von ganz anderen Interessen ausgefüllt wurde. Ja, wenn es ihnen dann von anderer Seite mitgetheilt wurde und man ihnen die Beweise vorlegte, sträubten sie sich es zu glauben und sagten: »Das ist nicht möglich, Seidel ist doch so ein nüchterner Verstandesmensch und durch und durch Ingenieur.«

Ich hatte bei Wöhlert im Lokomotivbau gearbeitet, obwohl ich für dieses Sonderfach gerade am allerwenigsten Interesse hatte, bei der Potsdamer Bahn sollte ich nun ausser mit der Anlage der hydraulischen Hebevorrichtungen, die ich zum Theil schon fertig entworfen vorfand, mich auch mit Dach- und Brückenkonstruktionen beschäftigen, ein Fach, über das ich nie einen Vortrag gehört hatte und von dem ich auch nicht das Allergeringste verstand. Und doch wurde dies fortan meine Hauptbeschäftigung. Zu Anfang verzagte ich fast und war schon kurz davor, die Stelle wieder aufzugeben, da ich mich ihr nicht gewachsen fühlte, doch allmählich unter der angestrengtesten Arbeit und nach einigen schlaflosen Nächten fing ich an klarer zu sehen und arbeitete mich in das neue, mir ganz fremde Gebiet ein. Das Beste lernt man eben vor den Aufgaben, die einem gestellt werden. Ich hatte das Glück, dass unter diesen sich neue und anregende befanden. So zum Beispiel die durch Wasserdruck betriebene Lokomotiv-Schiebebühne, die noch bis vor Kurzem in der Halle des Potsdamer Bahnhofes thätig war und den Augen der Nichtkenner so geheimnissvoll erschien, wenn sie, ohne dass man erkannte, wodurch die Bewegung geschah, auf einen Hebeldruck hin so spielend leicht mit der ungeheuren Last einer Lokomotive nebst Tender seitwärts abfuhr. Es war noch kein Beispiel solcher durch Wasserdruck betriebener Anlage bekannt, und ich musste mir daher alles selber zurechtlegen. Später, als ich im Jahre 1872 auf das Neubau-Büreau der Berlin-Anhalter Bahn übersiedelte, begünstigte mich das Glück noch mehr, und ich erhielt eine Aufgabe, die in dieser Ausdehnung auf dem ganzen Kontinent noch nicht vorgekommen war, nämlich die Konstruktion des eisernen Daches der mächtigen Ankunftshalle, das eine Spannweite von 62 ½ Meter besitzt. Wem die Strasse »Unter den Linden« in Berlin bekannt ist, der kann sich davon eine Vorstellung machen, denn die Breite dieser Strasse beträgt 60 1/3 Meter. Ausser vielen anderen Dächern und Brücken entwarf ich dort auch die Anlage der hydraulischen Hebevorrichtungen für den Anhalter Bahnhof, darunter einen Aufzug, der bestimmt war, beladene Kohlenwagen vier Meter hoch zu heben oder zu senken, und machte privatim für die Stadtbahn ein Projekt für die Anlage ihrer hydraulischen Gepäckaufzüge, das im Wesentlichen der Ausführung zu Grunde gelegt worden ist.

Nebenbei beschäftigte ich mich eifrig mit den poetischen Werken von Adalbert Stifter, Mörike, Storm, Keller, Swift, Dickens und Poe, und widmete meine Aufmerksamkeit auch den amerikanischen Humoristen Bret Harte, Mark Twain und Aldrich. Vom Jahre 1870 ab erschien ein kleines Büchlein nach dem andern, und ihre Zahl stieg auf sieben, ohne dass auch nur eins von ihnen Beachtung gefunden hätte.

Im Jahre 1875 verheirathete ich mich mit Agnes Becker, der Tochter eines Hamburger Kaufmannes, und bin jetzt Vater von drei Knaben. Ich erzählte zu Anfang, dass Moltke von meinem Urgrossvater getauft wurde. Der greise Feldmarschall hat den kleinen Kreis menschlicher Beziehung zu meiner Familie dadurch geschlossen, dass er bei meinem jüngsten Sohne Helmuth Gevatter stand. Als im Jahre 1880 die Arbeiten bei der Anhalter Bahn zu Ende gingen und sich mir in Berlin, das ich auf keinen Fall verlassen wollte, keine Aufgaben von ähnlicher Art darboten, gab ich meine Stellung auf, um mich fortan ausschliesslich dichterischen Arbeiten zu widmen. Täuschungen und Widerwärtigkeiten, Gleichgültigkeit und Ablehnung sind mir in reichem Masse zu Theil geworden, den Muth und die Hoffnung auf den endlichen Sieg meiner Sache liess ich mir aber niemals rauben. Vom Jahre 1882 ab gingen meine Schriften allmählich in den Verlag des feinsinnigen Leipziger Verlegers Liebeskind über, aber erst nach sechsjähriger unermüdlicher, von manchen Verlusten seinerseits begleiteter Arbeit begann er den Lohn für seine aufopfernde Thätigkeit zu finden.

Ich darf mich jetzt der freudigen Empfindung hingeben, dass überall in Deutschland und auch in Amerika, ja überall, wo Deutsche in Mehrzahl beisammen wohnen, zahlreiche Freunde und Gönner meiner Schriften entstanden sind, und für diese habe ich mich entschlossen, meine mehr als einfachen Lebensschicksale aufzuschreiben. Ich that dies mit Sorgfalt und Liebe, jedoch von mancherlei Zweifeln bedrückt, ob diese geringen Erlebnisse geeignet seien, irgend jemand Theilnahme einzuflössen, und schliesse darum mit den Worten des Dichters: